異世界から聖女が来るようなので、邪魔者は消えようと思います7

蓮水　涼

24191

角川ビーンズ文庫

Contents

ウィリアム・フォン・
シャンゼル
シャンゼル王国新国王。常に
笑顔で、甘いマスクに甘い
声——だが、裏の顔がある？
異世界から聖女が来るようなので、邪魔者は消えようと思います
フェリシア・フォン・
シャンゼル
元・グランカルスト王国第二王女。
前世で知った乙女ゲームの
世界に転生。薬草毒草に
興味があり、薬の調合が得意。

Characters
人物紹介

アイゼン

フェリシアの兄。
グランカルスト王国の
国王に即位。

サラ

乙女ゲームのヒロイン。
黒髪・黒目の
異世界から来た聖女。

ダレン

医師。見た目は屈強な
男性だが、中身は乙女。

ライラ

フェリシア付きの騎士。

フレデリク

近衛騎士。

Isekai kara Seijo ga
kuruyou nanode,
jamamono ha kieyou to
omoimasu

本文イラスト／まち

親愛なる聖女　サラ殿《どの》へ

突然《とつぜん》このような手紙を送る無礼を許していただきたい。

貴殿《きでん》には妹のフェリシアが世話になっているようだ。なんの偶然《ぐうぜん》か、新婚《しんこん》旅行中の妹夫婦とトルニアで会い、貴殿の話も耳にした。そのか弱い身で聖女という大役を担《にな》う貴殿を、妹と同じく私も尊敬する。

率直《そっちょく》に伝えよう。そんなサラ殿と一度言葉を交《か》わしてみたい。

次の満月の夜、我が国では盛大なパーティーが開かれる。そこに貴殿を招待したい。

もし受けてくれるのならば、上弦《じょうげん》の月が夜空に輝《かがや》くそのときまでに、同封《どうふう》した招待状と共に我が国を訪ねてほしい。もちろん道中は危ないだろうから、貴殿の騎士《きし》と共に。

聖なる力が我が国にも巡《めぐ》ることを期待している。


アイゼン・ヴァイスラー・オブ・グランカルストより

第一章＊＊＊これは悪夢？　それとも現実？

トルニアでの新婚旅行を満喫《まんきつ》したフェリシアたちは、現在、フェリシアの生まれ故郷であるグランカルストの王都を目指している。

目的は、フェリシアの母の墓参りだ。以前旅行の計画を立てているときに夫のウィリアムが提案してくれて、新婚旅行の旅程に組み込んでいた。まあ、トルニアで起きた事件を受けて、予定の日数から少し遅《おく》れてはいるけれど。

シャンゼルには、この墓参りのあとに帰国する予定である。

途中《とちゅう》でいくつかの町に宿泊《しゅくはく》しながら目的地――王都にある大聖堂――を目指していたところ、宿での朝食中、フェリシアは昨夜見た悪夢について話題にする。いくら夢とはいえ自身だけでは消化できず、誰《だれ》かに聞いてもらいたかったからだ。

「というのもですね、夢の中でお兄様から手紙が来たんです。グランカルストの建国記念パーティーの招待状が付いた手紙が。びっくりしますよね。しかもですよ？　町の噂《うわさ》では、なんとそのパーティーで、あのお兄様が婚約者だか婚約者候補だかを連れてくるって！」

すでに食事を終えているウィリアムは、優雅《ゆうが》に食後の紅茶を味わいながらフェリシアの話に耳を傾《かたむ》けてくれている。

「婚約者ですよ？　あのアイゼンお兄様が。手紙にはそんなことひと言も書いてなかったのに、そんな噂が広まってるなんて。そういう方を見つけたなら、そうと書いてくだされぱいいと思いません？　お兄様は夢の中でもお兄様でしたわ」

「フェリシアはそれで怒《おこ》っているのかい？　義兄上《あにうえ》に婚約者ができることが『悪夢』なの？」

ウィリアムの相槌《あいづち》に、フェリシアは「いいえ」とはっきりと答えた。

「実はこの夢には続きがあるんです。聞いて驚《おどろ》かないでくださいね？　なんとその手紙をもらったあと、馬を飛ばしてきたフレデリク様がすごい剣幕《けんまく》でウィルに突撃《とつげき》してきて、サラ様がグランカルスト王の婚約者にされるって泣きついてきたんです！　ほら、びっくりでしょう？　サラ様がお兄様の婚約者ですよ？　人の恋路《こいじ》を邪魔《じゃま》するお兄様なんて、野暮以外の何ものでもないと思いません⁉」

兄妹揃《きょうだいそろ》って〝邪魔者〟だなんて笑えないだろう。だから悪夢だ。

フェリシアは怒《いか》りで鼻息を荒《あら》くした。

「私、フレデリク様の泣き顔なんて初めて見ましたわ。まあ夢ですけど」

「うん、そうだね。幼い頃《ころ》は別として、私もフレデリクの泣き顔はもうずっと見ていないな。最後に泣いたのはいつだっけ――」

と言いながら、ウィリアムが窓のカーテンへ視線を移す。

するとそこから。

「……覚えてません」

今にも死にそうな声が返ってきた。

フェリシアはぎょっとして食べる手を止める。

「だ、誰!? ウィル、カーテンの裏に誰かが……っ」

「大丈夫《だいじょうぶ》、いるのはフレデリクだから。あまりに酷《ひど》い顔色だったから、朝からそんな顔でフェリシアの前に出るなと言ったんだ。それでカーテンの裏に隠《かく》れているんだよ」

え？ とフェリシアはさらなる困惑《こんわく》に陥《おちい》った。なぜフレデリクがここにいるのだろう。ここはグランカルストのはずで、シャンゼルに帰国した覚えは全くない。

「まあ、昨夜は泣きそうな顔ではあったけど、実際に泣いてはいなかったからね。やっぱり子どもの頃に見たのが最後かな」

「あの、平然と話を続けているところ申し訳ないんですが、その前に、どうしてフレデリク様がここに……？ え？ あれって、夢のはずじゃ……」

「いや、フェリシアが夢だと思って話したことは、全部現実だよ。フレデリクが私に突撃してきたのも、それをゲイルが防げなかったことも、そのあとフレデリクに一晩中付き合う羽目になったのも、全部ね」

久々にウィリアムの黒い笑《え》みを見た。彼の後ろに控《ひか》えていたゲイルは、主人のそんな顔が見えなくても空気で察したのか、冷や汗《あせ》を滲《にじ》ませながら顔を逸《そ》らしている。

カーテンの裏にいる人物も、心なしか身体《からだ》が縮こまったように思う。

フェリシアは「んん？」と頭を抱《かか》えながら記憶《きおく》を遡《さかのぼ》った。だって、夢だと思っていたことが現実だった、なんて笑えないではないか。

「フェリシアが夢だと勘違《かんちが》いしたのも仕方ないよ。義兄上からの招待状が届いて、受けるかどうか悩《なや》んでいたところに、突然やって来たフレデリクに夜通し付き合わされたんだから」

「その節は、大変申し訳なく……」

フレデリクがカーテンの裏からか細い声を出す。これまで見てきたどんなフレデリク・アーデンとも違う弱り切った様子で、フェリシアは本当にそこにいるのがフレデリクかと疑った。

(——ああ、でもそうだわ。昨夜もこんな感じで……だんだん思い出してきた)

頭の痛みとともに蘇《よみがえ》る、実際にあった出来事。

フェリシアたちがグランカルストに入国し、いくつかの町を経て、王都の一つ手前の町までやって来たときのことである。

グランカルストでは、死者は土葬《どそう》するのが一般的《いっぱん》だ。その例に漏《も》れず、フェリシアの母も土葬された。

母は側妃《そくひ》――それも王を堕落《だらく》させた妃《きさき》として有名だったため、王族が必ず入るとされる王宮の敷地《しきち》内にある礼拝堂ではなく、王都にある大聖堂内の墓地に埋葬された。

大聖堂は、広く一般に開かれた墓地があり、貴賤《きせん》を問わず死者が眠《ねむ》っている。

当時はなぜ母だけ離《はな》れた大聖堂に埋葬されるのかと悲しんだものだが、今となっては王宮内でなくて良かったとも思う。なぜなら、そのおかげでこうして気兼《きが》ねなく母の墓参りができるからだ。

そうして目当ての大聖堂を目前にした町で休息をとってから、明後日《あさって》には母に会えるのだと心を安らかにさせていたところ、ウィリアム宛《あ》てに手紙が届いた。

差出人はこのグランカルストの国王。つまり異母兄《いぼけい》であるアイゼンだ。手紙を持ってきた小間使いは、アイゼン直属の使者だと名乗った。

確かにフェリシアが見たところ、手紙に書かれた豪快《ごうかい》で達筆な文字は兄のもので間違いない。

先日までトルニア王国で一緒《いっしょ》だった相手から急に届いた手紙に、ウィリアムも心当たりはないようだ。

当たりをつけるなら、行動を共にしていた際、最後に情報を共有した瘴気《しょうき》や魔物《まもの》に関する何かだろうかと二人で考える。シャンゼルと違ってそれらに縁遠《えんどお》いグランカルストとトルニアの両王に、フェリシアたちが注意を促《うなが》したのは記憶に新しい。

しかし予想は外れ、首を捻《ひね》りながら読んだ手紙にはなんと、近日中にグランカルストで催《もよお》される建国記念パーティーに招待する旨《むね》が書かれていた。

フェリシアは思わず息を呑《の》んだ。

あの兄が建国記念パーティーに自分たちを招待するなんて、これまでの経験上、嫌《いや》な予感しかしない。

しかも、兄にはトルニアで会ったときに墓参りしかしない旨を伝えている。にもかかわらず、この手紙は遠回しに王宮に寄れと言っているようなものだ。

王宮で開かれるパーティーということは、グランカルストの貴族が集まるということで、そんなところに招待されたのは予想外もいいところだった。

思い出されるのは、ウィリアムの許《もと》へ嫁《とつ》ぐ前のこと。

母と自分を侮蔑《ぶべつ》し、嘲笑《ちょうしょう》し、虐《しいた》げてきた者たちのこと。

急な話に取り繕《つくろ》うこともできず、苦い表情の変化をウィリアムに気取られてしまう。

『フェリシア、大丈夫だよ。義兄上がどういうつもりかは知らないけれど、これは断るから安心して』

『ですが……』

『だって考えてもみて。今私たちはなんのためにグランカルストにいるんだい？　パーティーに出席するため？』

『いいえ、お母様に会いに行くためですわ』

『そうだよ。もっと言うなら、私たちは今新婚《しんこん》旅行中だ。これ以上フェリシアとの時間を誰《だれ》かに邪魔されるのは私だって業腹《ごうはら》なんだ。――それに、グランカルストにはあの男もいるからね』

あの男？　と訊《たず》ね返す。

『君の従兄殿《いとこどの》だよ。彼は君に惚《ほ》れている。そんな男を君に近づけさせたくない』

『ええ？　リンデン卿《きょう》がですか？　惚れてるなんて、何かの間違いでは――』

『間違いだったら良かったのにね』

らしくない弱さを含《ふく》んだ表情に、フェリシアはいったん否定の言葉を飲み込んだ。

代わりに、もし本当にウィリアムの言うとおりだったら、と考える。

『それでも、私はもう結婚しています。それはリンデン卿も知っていることです。ですから、さすがにもうそんなことはないと思いますけど』

『わからないだろう？　私はまだ、あの男の口から君を諦《あきら》めるという言葉を聞いていないからね』

　正直、何をそこまで不安がるのだろうと不思議だった。

　フェリシアからしてみれば、あの優《やさ》しい従兄が既婚者《きこん》を奪《うば》おうとするところなんて想像もできない。いつも太陽のように明るく笑っていて、祖国では嫌《きら》われ者だったフェリシアのことも一生懸命《いっしょうけんめい》楽しませようとしてくれる人だった。

　けれど、こういうときいつも相手へ〝怒《いか》り〟を見せるウィリアムが〝不安〟を見せている。こんな表情をいつかも見た気がして、フェリシアは記憶を辿《たど》った。

（そうだわ。以前、オルデノワ王国でお姉様との決着をつけたとき、ウィルがリンデン卿に見せた顔だわ）

　諦念《ていねん》のような。敗北者のような。ともすれば、寂《さび》しそうな表情《かお》。

　テオドールの純真無垢《むく》な優しさは、ウィリアムでも恐《おそ》れるものがあるらしいとそのとき感じたことを思い出す。

（もしかして、それが怖《こわ》い、のかしら？）

　人は優しいものに靡《なび》く。自分に優しいものに惹《ひ》かれる。厳しい上司より優しい上司。辛《つら》い出来事より優しい思い出。

（だから鬼畜《きちく》な人より、優しい人って？）

　ふふ、と思わず笑みをこぼした。それではまるで、彼自身が自分のことを『優しくない』人間だと認めているようなものだ。

いや、テオドールがただ優しいだけなら、ウィリアムもここまで不安を覗《のぞ》かせなかっただろう。

テオドールは優しいだけじゃない。どこまでも純粋《じゅんすい》だ。真っ白な光。光には自然と人が集まる。

（ウィルって、こんなにかわいい人だったのね）

でも馬鹿《ばか》だわ、とは口に出さない。

今さら光を求めて他《ほか》に行くなら、最初から彼を選んでなんていないのに。

彼の闇《やみ》を晴らしたくて、闇なんかに彼を奪われたくないと思ったから、フェリシアは彼の隣《となり》にいるのだ。

その想《おも》いを込めて、ウィリアムを強く抱《だ》きしめる。

『フェリシアっ？』

最近わかってきたことだが、彼は自分からフェリシアに触《ふ》れることには躊躇《ためら》いも羞恥心《しゅうちしん》もないくせに、フェリシアから触れられると照れたり驚《おどろ》いて顔を赤くしたりすることが多い。

そんなところもかわいくて、愛《いと》おしい。

『ウィルは変なところで自信を失《な》くしますのね。でも、私がこんなことをするのは、あな

ただけです。そこは自惚《うぬぼ》れてください』

するとと、背中にウィリアムの手が回った。ぎゅうっと力強く閉じ込められて、その心地好さに身を委《ゆだ》ねる。

『それに私も、今は誰にもあなたとの時間を邪魔《じゃま》されたくありません。だって国に帰ったら、きっと独り占《じ》めできなくなってしまいますもの。だから、今だけは――』

『フェリシア……』

顔を上げ、見つめ合う。自然な流れで互《たが》いの距離《きょり》が縮まっていき、そっと唇《くちびる》が触れた。

いつもならだんだんと深まるキスに溺《おぼ》れていくのだが、今日は違《ちが》う。まるで互いの中に芽生えた不安な気持ちを掬《すく》うような、宥《なだ》めるようなキスだった。

彼の温《ぬく》もりに溶《と》かされて、瞳《ひとみ》がとろんとしてくる。

『今日はもう、このまま休もうか。ね？』

『でも手紙は……』

『いいから。ほら、運んであげる』

『え？』

招待状が気になって寝《ね》ようとしないフェリシアを、ウィリアムが有言実行とばかりに抱き上げる。人を軽々と横抱きにできるなんて、前世のフェリシアは二次元の世界だけだと思っていたけれど、それは思い込みだったと今世の自分の身をもって知った。

普段《ふだん》は騎士《きし》に守られる側のウィリアムだが、不意打ちで見せるこういう逞《たくま》しいところに胸が高鳴る。

そのままベッドに運ばれて、そっと寝かされた。

彼も一緒に横になると、自分の不安よりフェリシアを甘やかすことを優先して頭を撫《な》でてくれる。

『ねえ、フェリシア。これだけは覚えておいて。どんなことにもめげずに立ち向かう君は素敵《すてき》だけれど、たまには嫌なことを忘れて、立ち止まってもいいんだからね』

『立ち止まる……』

『頑張《がんば》るためには休むことも必要だから。君の止まり木としても、帰る場所としても、もちろん、甘える場所としても、君には私がいる。私のほうの準備は万端《ばんたん》だよ』

『……それでも、甘えられすぎると嫌になりませんか？　夫婦《ふうふ》でも、嫌いになったりしませんか？』

言ってすぐ、自分で自分の言葉に驚いた。なぜこんなことが口から出てきたのかと戸惑《とまど》う。

ウィリアムも普段のフェリシアとは違うと感じたのか、頭を撫でる手を止め、顔を覗き込むように身を寄せてきた。

澄《す》んだ紫《むらさき》の瞳に、情けなく瞳を揺《ゆ》らす自分の顔が映っている。

『大丈夫《だいじょうぶ》、嫌いになんてならないよ。むしろ嬉《うれ》しいくらいだ。フェリシアがそうやって心の内を吐《は》き出してくれるのは』

君はなかなか頼《たよ》ってくれないから、とウィリアムが苦笑《くしょう》する。

それは結婚する前にも言われた言葉だ。最近は少しずつ改善されてきたとはいえ、ウィリアムからすればまだまだだと言う。

素直に頼れないのは、これまで誰かに頼ったことがなかったから。

前世の記憶《きおく》があるにもかかわらずそうだったのは、つまるところ、前世でも頼れる――甘えられる存在がいなかったから。

前世では、一人で二人の子どもを育てる母を姉の自分が支えなければと、常に力んでいた。

前世から続く記憶は、決して幸せなものだけではない。〝愛〟が永遠でないことを知るには十分すぎる時間を過ごした。

だから努力しようと思ったのだ。彼には嫌われたくなかったから。彼とは〝永遠〟でいたかったから。

そのために、彼に愛してもらえる自分でいようと……――。

こんなことを言うつもりなんてなかったのに。

(パーティーの話を聞いたせいだわ)

祖国でのパーティーに出席すれば、自分が祖国の貴族からどういう扱《あつか》いを受けていたのかウィリアムの知るところになってしまう。

他の誰に何を思われてもいいけれど、彼にだけは情けない姿を見られたくなかった。

(王妃《おうひ》として頑張るって、決めたばかりなのに)

無意識に眉間《みけん》に力を入れていたらしく、ウィリアムが解《ほぐ》すようにキスを落としてきた。

『教えて、フェリシア。いったい何が君をそんなふうにさせているのか。大丈夫、頼ることを怖がらないで。私が君を嫌《きら》いになることも、君から離《はな》れることもありえないんだから』

応《こた》えたいのに、答えたくない気持ちが喉《のど》に蓋《ふた》をする。

けれど、それではいけないということもわかっていた。彼がこんなにも寄り添《そ》ってくれているのだから、背中を向けることはしたくない。

それにもし自分が彼の立場だったら、話してほしいと乞《こ》うだろう。

(大丈夫。話しても、ウィルはきっと迷惑《めいわく》がらない。今までずっとそうだったもの。そうだって、ちゃんと言葉にして、態度でも示してくれた。だからあとは、私が勇気を出すだけ……)

深呼吸を繰《く》り返して、何度も繰り返してから、おもむろに口を開く。

『ウィルは知っていると思いますが、私には前世の記憶があるでしょう？　だから、ウィルの想いを疑ったわけじゃなくて、その記憶の中に、互いに愛想を尽《つ》かして別れた夫婦がいるんです。あの世界でも、離婚《りこん》はそう珍《めずら》しいことじゃありませんでした。だから私も、情けないところを見せたら、同じように呆《あき》れられてしまうんじゃないかって思って……』

そのとき、衣擦《きぬず》れの音がして、ウィリアムの香《かお》りがふわりと鼻腔《びこう》に届いた。全身が彼の温もりに包まれる。

『そっか。前世の記憶は、君にとって良いものばかりとは限らないんだね』

『それが人生ですもの。良いことも悪いこともあります。そう理解しているから、これまでは特に何を思ったこともなかったんですけど……』

『私に嫌われるかもしれないと思って、気にし始めてしまった？』

顔に朱《しゅ》が上る。自分の中でモヤついていた気持ちを暴《あば》かれて、上掛《うわが》けを頭から被《かぶ》ってしまいたくなる衝動《しょうどう》に駆《か》られた。

『私も白状していい？　フェリシア』

『？　はい』

『実はね、こうして君と夫婦になった今も、きっと私の想いのほうが強いんだろうなと思っていたんだ。でも、今それが思い込みだったとわかったよ』

ウィリアムがフェリシアの赤くなった頰《ほほ》を親指の腹でそっと撫でる。

『私はちゃんと愛されているんだね。私が思っていた以上に』

今さら何を言うのかと、フェリシアは上目で彼を睨《にら》む。彼はくすくすと笑っていた。

『ごめん。だって君がこんなになるほど君にとって私の存在が大きいのかと思ったら、嬉しくて嬉しくて。つまりフェリシアは、グランカルストの貴族に会うことじゃなくて、私に嫌われることが嫌《いや》でパーティーに行きたくないと思ったということだろう？』

『え？　あ……』

そう言われて初めてその事実に気づく。気づいてしまった。

『ほんと、なんでこんなにかわいいかな』

『ちょっ、ウィルっ』

愛《いと》しくてたまらないという眼差《まなざ》しで、彼が何度も何度もフェリシアの肌《はだ》に口づけてくる。

なんともくすぐったい。

『私はね、君の言う前世で君に巡《めぐ》り会えなかったことが本気で悔《くや》しいんだ。もしかしたら私以外の男が君とこういう関係になっていたかもしれないって、その可能性を考えるだけでも腸《はらわた》が煮《に》えくりかえるからね。――だから、来世は覚悟《かくご》して』

『来世……？』

『そう。君の魂《たましい》を追いかけるよ、必ずね。君と再び出逢《であ》って、もう一度好きにさせて、また愛し合うために。逃《に》がすつもりなんて最初からない。……こんな私は、怖《こわ》いかい？』

フェリシアの首元に顔を埋《うず》めていたウィリアムが、そっと見上げてきた。

怖いかと訊《き》かれたら、怖くないというのがフェリシアの答えだ。そもそもなぜそんな質問をしてくるのかがわからない。

『いいえ。だってそれなら、来世でウィルを独りにしないで済むでしょう？　私もウィルを独りにするのは嫌だなって思うんです。だから私も追いかけますね、ウィルのこと。

──ふふ。追いかけっこ、楽しそうですね』

ウィリアムの温《ぬく》もりに当てられて、ぼんやりと答える。少しずつ眠気《ねむけ》が訪《おとず》れてきたのは、不安をこぼしても変わらなかった彼の態度に安心したからだろうか。

けれど、ウィリアムのほうは逆に目が覚めたように目を丸くしていた。

『だからほんと、そういうところだよ、君は……』

彼が小声で何か呟《つぶや》いたが、はっきりとは聞き取れない。

眉根《まゆね》をきゅっとハの字に寄せた彼の表情を、寝《ね》ぼけ眼《まなこ》でじっと見つめる。こんな表情を彼が見せるのは自分の前でだけなんだと改めて思ったら、愛しさが溢《あふ》れてきた。

だからこそ、フェリシアにはもう一つの不安もある。

彼がこうしてプライベートの顔を見せてくれるのは、気心の知れた仲間内にだけで、さらに弱った姿を見せてくれるのは、妻であるフェリシアにだけだ。

彼は人前では〝王の顔〟を崩《くず》さない。

そんな彼の隣《となり》にいるためには、フェリシアも〝王妃の顔〟を崩してはならないのだ。

祖国で過去の自分を彼に知られる恐怖《きょうふ》の中、はたして自分は〝王妃の顔〟を保てるだろうか。王妃として、しっかり振《ふ》る舞《ま》えるだろうか。そんなプレッシャーも胸の内にある。

（ウィルが信じてくれるからこそ、失敗はできない……したくない）

やはりそこには、『期待を裏切りたくない』『裏切って愛想を尽《ガッカリ》かされたくない』という共通の思いがある。

無意識に彼の服を摑《つか》んだら、それを就寝《しゅうしん》の合図と勘違《かんちが》いした彼が優《やさ》しく微笑《ほほえ》み返してきた。

『ごめんね、もう眠いよね。この話はまた明日にして、そろそろ寝ようか』

もう意識は遠のきかけている。考えるより先にこくんと頷《うなず》いた。もう少しで夢の中へ旅立てるだろう。

そのせいで、彼の最後の言葉を聞き逃《のが》してしまう。

『おやすみ、フェリシア。こんな重い想《おも》いを背負わせてごめんね。起きているときにこんなことを言ったら、優しい君はきっと怒《おこ》るだろうから。今だけ、許してね』

額にかかった前髪《まえがみ》をさらりと横に流される。きっと就寝のキスだろうと思ったフェリシアは、内心で『おやすみなさい』と応えた。

目が覚めて昨夜のことを思い出したフェリシアは、まず、一人赤面した。

夜は怖い。脳が昼ほどしっかりと働いていないから、判断力も自制心も弱くなる。

その結果、あんな甘えたことを言ってしまった。

夫に嫌われるのが怖いから仕事《パーティー》に行きたくないなんて、どこの子どもだ。恥《は》ずかしすぎて今すぐタイムマシーンに乗りたい。

そして次に、ベッドから這《は》い出ようとした。

仕事のない旅行中は、ウィリアムのほうが遅《おそ》く起きることが多い。今朝も彼はまだ夢の中で、起きる気配はない。

あんな醜態《しゅうたい》を晒《さら》したあとで顔を合わせるには、もう少し心の準備をさせてほしかった。

というわけで、彼を起こさないよう慎重《しんちょう》にベッドから抜《ぬ》け出そうとしてみたが。

『ん……まだ待って、フェリシア』

『ひあっ!?』

ウィリアムの腕《うで》が腰《こし》に巻きついてきた。

彼は朝に弱くないので、少し目を擦《こす》るだけですぐに覚醒《かくせい》したようだ。片腕はフェリシアの腰から離さないまま上半身だけを起こして、振り返ろうとしないフェリシアの顔を覗《のぞ》き込んでくる。

『ふふ。その顔は、朝になって冷静になっちゃった？』

ずばりと図星をつかれて視線を泳がせる。

『なるほどね。これからは、君の本音は夜に訊くのが良さそうだ』

『……ウィル、面白《おもしろ》がってますわね？』

『まさか。でも慣らしは必要だから』

慣らし？　とその意味を考えていたら、ウィリアムが『おはよう』と額にキスをくれる。それから手を差し出してくれたので、諦《あきら》めたフェリシアはその手を取ってベッドから起き上がった。

そうして始まった一日だったが、夕方までは平穏《へいおん》だったのだ。気分転換《てんかん》に外食もした。事態が一転したのは、宿に戻《もど》ってきて間もなくのことである。

『……んでっ……、……さいって！』

宿の寝室《しんしつ》で部屋着に着替《きが》えていると、何やら騒《さわ》がしい気配に気づいた。

この宿は王都に近いこともあり、貴族の客を想定した広さとセキュリティを兼《か》ね備《そな》えている。よって不審《ふしん》人物が入れるわけはなく、また、声の響《ひび》き具合からして騒がしいのはおそらく廊下《ろうか》だと気づいたフェリシアは、侍女《じじょ》のジェシカに着替えを急いでもらった。

『あっ、ちょっと！』

勢いよく扉《とびら》が開けられる音と、それに慌《あわ》てる声が同時に耳に届く。先ほどよりクリアになった音に、フェリシアは焦燥《しょうそう》のまま隣にある前室への扉を開け放った。

『ウィル、大丈夫《だいじょうぶ》ですか⁉』

無事を確認《かくにん》するように視線を彷徨《さまよ》わせてすぐ、目的の人物《ウィリアム》は見つけられた。ただし、なぜか魔王《まおう》を降臨させたようなドス黒いオーラを纏《まと》っていたが。

そしてそんな彼の前で、大きな身体《からだ》を縮こまらせている男がいる。見間違《みまちが》いでなければ、それはシャンゼルにいるはずのフレデリクだった。

聖女であるサラの護衛騎士《きし》、フレデリク・アーデン。

決してここにいてはならない存在。

フェリシアは何度も目を擦り、ぱちぱちと瞬《またた》きをして、目の前の人物が幻《まぼろし》かと疑ってみた。

けれど……。

『陛下、お願いします。緊急《きんきゅう》事態なんです』

『国が滅《ほろ》びる前兆以外は宰相《ゴードン》に任せたはずだけど』

『その宰相《さいしょう》閣下にお許しをいただき、こちらへ参りました』

どうやら本物のフレデリクのようだと遅《おく》れて理解する。

『おかしいな。私の国はそんな簡単に滅びるものだった？』

『そうではありませんが……いえ、ある意味、国が滅びそうなんです！』

あのフレデリクにここまで言われて、さすがのウィリアムも不機嫌《ふきげん》オーラを引っ込めたようだ。

『とりあえず顔を上げろ、フレデリク。話を聞こう。――ああ、そうだ。侵入《しんにゅう》を許したゲイルは廊下で反省しててもらおうかな』

『わあ、いい笑顔《えがお》怖い』

軽口を叩《たた》いたゲイルが大人しく廊下に出ていく。扉が閉まると、ウィリアムに手招きされたのでそばに寄った。

そこから聞かされた話は、まさに仰天《ぎょうてん》以外の何ものでもない。

サラ宛《あ》てに届いたアイゼンからの招待状。フェリシアの兄からの招待だからということと、手紙の最後の一文が気になったことから招待を受けてしまったサラ。グランカルストの王都では、実はそのパーティーで国王がついに婚約者《こんやくしゃ》を連れてくるらしいと実《まこと》しやかに噂《うわさ》されているという事実。

基本的にサラの言うことを肯定《こうてい》するフレデリクは、グランカルストが瘴気《しょうき》で苦しんでいるなら助けたいという彼女の意思を尊重した。

宰相のゴードンもサラの説得に折れ、代わりにフレデリクに任務を与《あた》える。このことを新婚旅行中のウィリアムに報告し、指示を仰《あお》げと。

旅程からウィリアムたちがグランカルストに入国していることを見越《みこ》しての差配だろう。ある意味問題の丸投げだが、ゴードンの気持ちもわからなくはない。

まあ、実際は手紙に示された期限に間に合いそうになかったため、指示を仰ぐ前にひとまず王宮へ行った結果、いくつかの町や村へ同行させられたあと、なぜかサラだけ残されて他《ほか》の人間は王宮から放《ほう》り出されてしまったようだが。フレデリクはもちろん抗議《こうぎ》したけれど、自分では全く取り合ってもらえなかったので、急ぎウィリアムに報告しに来たという。

ウィリアムがそれらの話を冷静に脳内で整理しているなか、フェリシアは腹の底に沸々《ふつふつ》と煮立《にた》ち始めた怒《いか》りを抑《おさ》えられなかった。

『いったい何を考えてますの、お兄様は！』

よりにもよってサラを選ぶなんて、なんて無粋《ぶすい》な兄だろう。兄はなかなか結婚せず、婚約者さえ決めないので、さぞ自国の貴族たちを困らせているのだろうなとは思っていた。

が、まさかサラに手を出すなんて誰《だれ》が思うだろうか。

『サラ様にはフレデリク様がいるのよ？　人の恋路《こいじ》を邪魔《じゃま》するなんてっ――』

と、そこでフェリシアは気づいてしまった。

『待って。これじゃあ兄妹《きょうだい》そろって邪魔者じゃない……！』

蓋《ふた》を開けてみれば事実は全く異なるものだったが、前世の記憶《きおく》を思い出したばかりのフェリシアは、確かに自分が前世でいう乙女《おとめ》ゲームのヒロインと攻略対象者《ウィリアム》の恋を阻《はば》む邪魔者だったことを知っている。

それが今度は、兄がヒロイン《サラ》と攻略対象者《フレデリク》の恋を阻む邪魔者になるなんて、ちっとも笑えない。

（え？　まさかまたゲームの続編が始まったとか、そういうことじゃないわよね……？）

本気で疑ってしまう。

実はあのゲームに出てくるフェリシアは、悪役王女ならぬ悪役兄妹の妹という立ち位置だったのかと。

『どうしましょう……っ。とにかくお兄様を断罪して国外追放？　嫌《いや》みや嫌がらせの事実と証拠《しょうこ》ならたくさんありますけど、それ全部私宛てのものですから意味はないかしら？でもあのお兄様なら悠々自適《ゆうゆうじてき》の辺境スローライフも堪能《たんのう》してしまいそうで、ざまあって感じにはならなそうね……!?』

なんて、一人で先走っていたら。

『うん、いったん落ち着こうか、フェリシア。途中《とちゅう》から何を言っているのかわからなかったけど、君がかなり混乱していることはわかったよ』

『だってウィル、これが落ち着いていられますかっ？　サラ様が攫《さら》われたんですよ？　あのお兄様に！』

『義兄上《あにうえ》はサラを攫ってはないからね。ほら、大丈夫だから』

ぽんぽんと優《やさ》しく頭を撫《な》でられて、逸《はや》っていた鼓動《こどう》が少しずつ落ち着きを取り戻していく。

おかげでようやく周囲を見る余裕《よゆう》ができてきて、フェリシアはやっと気づいた。フレデリクの顔が死んでいることに。この世の終わりだと顔に書いてある。

ちょんちょんとウィリアムの袖《そで》を引いた。

『ウィル？　あの、フレデリク様が……』

『うん、自責の念に駆《か》られて死んでるね』

『冷静に答えないでくださいっ。どうするんです？』

『どうするもなにも――』

小声で話していたのに、突然《とつぜん》ウィリアムが声量を上げてから続きを口にした。

『まあ、好意を見せているくせにいつまでたっても求婚《きゅうこん》しないフレデリクが悪いとは思うけどね。逃《に》がさないと決めたなら逃がさないための行動を取るべきなのに。だからこうして権力者に横から奪《うば》われる羽目に――』

『ちょちょちょ、ちょっと！　追い打ちをかけてどうするんですかっ』

慌てたてウィリアムの口を両手で塞《ふさ》ぐ。絶望している人間にさらなる追い打ちをかけるなんて悪魔《あくま》にも程《ほど》がある。

案の定、ウィリアムの言葉に刺《さ》されたフレデリクは、かろうじて立ってはいるものの、今にも卒倒《そっとう》しそうだった。

ウィリアムの顔はツーンと冷たい。

ただ、フェリシアはそんな彼の態度に困ったあと、あることに気づいて感動してしまった。

というのも、今のウィリアムは〝怒《いか》り〟を相手に知らしめるために作った顔を見せているのではなく、素《す》の感情のまま、表情も取り繕《つくろ》うことなく怒っている。

それはつまり、彼が心を開いている証《あかし》だ。

彼は過去の事件から人を信頼《しんらい》することができなくなっていたけれど、素を見せられるくらいにはここにいる面々――フレデリクだけでなくライラやジェシカも――のことを信頼しているのだと思ったら、自分のことのように嬉《うれ》しくなってしまったのだ。

『フェリシア？　なんで笑っているんだい』

少しだけ拗《す》ねたような言い方に、ふふっと笑みがこぼれた。

『いいえ、ちょっと別のことに感慨《かんがい》深《ぶか》さを覚えて……すみません、こんなときに』

『？　まあ別に、かわいいからいいけど……』

不思議そうにしながらもそんなことを言ってきたウィリアムに、照れを隠《かく》すように咳払《せきばら》いする。

『とにかく、お兄様の思惑《おもわく》は措《お》いておくにしても、まずはサラ様を奪還《だっかん》しないといけませんわね』

『そうだね。さすがにグランカルスト王の婚約者だと発表されてしまったら、私でさえどうにかするのは骨が折れるだろうから』

『申し訳ありません、陛下。俺が……俺が最初に、サラ様をお止めできていれば』

眉根《まゆね》をぎゅっと寄せて、今にも泣きそうな顔をするフレデリクは悲痛そのものだった。

『俺が、サラ様を、守るって誓《ちか》ったのに……っ』

唇《くちびる》まできつく噛《か》み始めて、血がじわりと滲《にじ》み出している。

このままではまずいと思ったフェリシアは、宿がサービスで置いてくれていたワインをグラスに注いだ。

『フレデリク様、大丈夫《だいじょうぶ》ですよ！　まだ婚約者と決まったわけじゃありませんし。それにもし本当にお兄様がパーティーで婚約を宣言するつもりなら、つまりパーティーまでは大丈夫ってことです！　それまでに作戦を考えて、サラ様を無事に取り戻《もど》しましょう！ね？』

『妃殿下《ひでんか》……』

『ほら、これを飲んで、少し落ち着きましょう。大丈夫です、サラ様はお兄様のことなんてなんとも思ってないんですから。いざとなったらサラ様自身が抵抗《ていこう》しますわ、絶対に』

なんとか励《はげ》まそうと言葉を紡《つむ》ぐが、ウィリアムが水を差してきた。

『そうだね、サラが抵抗できる相手だったらいいね』

『ウィル！　なんでトドメを刺すんですか！』

しかしウィリアムは止まらない。

『いや、これでもいい加減うんざりしていたからね。フレデリクはどう見てもサラに惚《ほ》れ込んでいるのに、なぜ決定的な言葉を伝えないのかと。それでサラが奪われそうになって私に泣きついてくるのは、少し違《ちが》うと思わない？』

『ちょっとウィル、本当にどうしたんですか？　なんでそんなこと……』

『私は事実を言っているだけだよ。サラに想《おも》いを伝えたところまでは良かったのに、そのあとから特に何も動いてないらしいじゃないか。もしかすると、サラもそんなおまえにつれない愛想《あいそ》を尽《つ》かして……』

『――っ仕方ないじゃないですか!!』

ウィリアムの言葉を遮《さえぎ》るように、フレデリクが部屋中に怒声《どせい》を轟《とどろ》かせた。

これにはさすがのフェリシアもびっくりして、咄嗟《とっさ》にウィリアムの腕《うで》を掴《つか》む。

『……っ、仕方、ないじゃないですか。サラ様は異世界から来られた方。それもこちらの都合で連れてきた方ですよ？　元の世界に戻りたいと思うことがあるかもしれません。そのとき、俺の存在が邪魔になるのは嫌なんです。俺のせいでサラ様が選択肢《せんたくし》を削《けず》ることになるのが、嫌なんですっ。サラ様にはご自分の好きなように、自由に生きてほしい。最後にどちらを選ぶのだとしても、選べる場所にいてほしい。ただ、そう思ってるだけなのに……』

フレデリクの切実な想いが伝わってきて、人のことなのに胸がきゅっと切《せつ》なくなる。

彼がサラとの関係を進めようとしなかったのには、ちゃんと彼なりの理由があったようだ。

『おまえはそれを、サラには言ってないんだろう？』

『……言えません。言ったら、優しいサラ様は結局選択肢を捨てることになります。サラ様はきっと俺でなくても、目の前に自分に縋《すが》ってくる人間がいれば助けようとしますから』

『それは本気で言っている？』

この時点でウィリアムのやろうとしていることが少しだけわかって、フェリシアは黙《だま》って流れを見守ることにした。

彼らしくない言動は、おそらくフレデリクが自分で押し込めている気持ちを無理やりにでも吐《は》かせるため。

そうでもしないと動けないと、フレデリクと幼い頃《ころ》から付き合いのあるウィリアムは解《わか》っているのだろう。

（フレデリク様って、いつもサラ様優先で……それが悪いわけじゃないけど、もし私がサラ様だったら、やっぱり寂《さび》しいって思うわ）

大切にしてくれているとわかっていても、与《あた》えられるばかりでは息が詰《つ》まってしまう。

サラのように誰《だれ》かのために頑張《がんば》れる優しい人なら、なおのこと。

相手が自分の好きな人だからこそ、求められたいとも願うのだ。

『もしおまえが、本気でサラにとっての自分とその他大勢を一緒《いっしょ》に考えているなら、それはサラの想いを否定しているのと変わらないよ。フレデリク、おまえがサラを否定するのかい？』

『ちがっ……そうではなくて、俺はっ……』

『俺は？』

今度は明らかに作り物とわかる冷笑《れいしょう》で、ウィリアムが首を傾《かたむ》けた。フレデリクのためとわかっていても背筋が凍《こお》る笑《え》みだ。

『そこで黙るということは、やっぱり否定するんだな。サラの想いを、他《ほか》でもないおまえが。かわいそうなサラ。信じた男に自分は何も信じてもらえていなかったなんて、彼女が知ったら泣くだろうね。そしてそんなサラを、義兄上《あにうえ》が慰《なぐさ》めるわけだ』

それはさすがに言いすぎでは……とフェリシアが慄《おのの》いたとき、先ほどフェリシアが注いだワイン入りのグラスを、何を思ったかフレデリクが勢いよく摑んで一気に呷《あお》った。

さらにそれだけでは足りなかったのか、ボトルに残っているワインもごくごくと飲み干していく。空気も読まずに「いい飲みっぷりですね……」と口から出てしまったのは許してほしい。

わずかな時間で飲んだワインの色と同じくらい顔を真っ赤にしたフレデリクが、ドンッとボトルをテーブルに置いた。

『フェリシア、私の後ろに下がって』

え、と反応するより早く、フレデリクがウィリアムの両肩《りょうかた》を乱暴に掴んだ。

あわや喧嘩《けんか》が始まるのかと焦《あせ》ったとき。

『なんでっ……なんでウィリアム様は、そんな意地の悪いことばかり言うんですかぁ！』

フレデリクがウィリアムの両肩を激しく揺《ゆ》する。

ウィリアムはされるがままだ。

『そりゃあ俺だってサラ様に求婚《きゅうこん》したいですよぉ！　俺だって、サラ様に行かないでくださいって言いたいですし、ウィリアム様と妃殿下みたいにいつまでも一緒にいたいですよぉー！』

この豹変《ひょうへん》ぶりには、ウィリアムとライラ以外の全員がぽかんと口を開けた。

『でもサラ様にはサラ様の世界があって、それはここじゃなくてっ、あっちに親もきょうだいも友人もいて、なのに俺のために残ってくれなんてどうして言えると思うんですか!?』

これは完全に酔《よ》っ払《ぱら》いのそれだが、溢《あふ》れてくる言葉はフレデリクの本心なのだろうとわかる。

『違うよ、フレデリク。ただ言うだけじゃない。自分を選んでもらえるよう行動しろ』

なおも揺さぶられながらウィリアムが答える。全く動じていないところを見るに、フレデリクがこうなるのは初めてではないのだろうと察せられた。

『ウィリアム様みたいにですかぁ？　でも俺にはあんな……あんなっ、獲物《えもの》を狙《ねら》うようにじわじわと追い詰めて捕《つか》まえて閉じ込めようとすることなんて、できません！　そんなこと、サラ様がかわいそうです！　好きな女性にすることじゃありませんよ！』

『………』

なんだか気まずい空気が流れる。

これもフレデリクの本音かと思ったらいたたまれない。

チラッとウィリアムの顔色を窺《うかが》ってみたら、仮面の笑みが静かに鎮座《ちんざ》していて、すぐに視線を逸《そ》らした。

『この際だから全部聞いてくださいっ。サラ様はですね――』

と、そこからフレデリクの惚気《のろけ》が始まり、抱《かか》えている想いを全《すべ》てぶちまけられること、ひと晩。

もちろん途中《とちゅう》でジェシカたちは休ませたが、最後まで付き合ったフェリシアとウィリアムが寝《ね》られたのは未明だった。

ウィリアムは先に寝るよう言ってくれたけれど、サラとフレデリクのことを応援《おうえん》している身としては放《ほう》っておけない。

『フレデリクはね、普段《ふだん》が真面目《まじめ》すぎる反動なのか、ちょっと揺さぶってからアルコールを入れてやると、面白《おもしろ》いくらい簡単に白状するんだ。だから公《おおやけ》の場での飲酒は禁じているんだよ。騎士《きし》の鑑《かがみ》である彼に醜態《しゅうたい》を晒《さら》されるわけにはいかないのと、敵にこんな弱点を知られるわけにはいかないからね。ちなみに、あいつが酔った合図は簡単だよ。私のことを昔のように〝ウィリアム様〟と呼ぶんだ。なんだろう、酔うと童心に返るタイプなのかな』

とは、もうほとんどフレデリクの話を聞き流すだけになっていたときのウィリアムの言である。

『とにかくこうしてガス抜《ぬ》きさせないと、アルコールが入っていなくても突拍子《とっぴょうし》のない行動をされるからね。特に今回は大国《グランカルスト》が相手だ。間違《まちが》ってもフレデリクに誘拐《ゆうかい》も暗殺もさせるわけにはいかないからね』

とっても爽《さわ》やかな笑顔でそれを話されたフェリシアは、正直に言って反応に困ったものだが。

そうして夜を明かし、気づけば朝日が昇《のぼ》っていた。

「――思い出しましたわ。全部、夢じゃなくて現実でしたのね……」

長いため息を吐き出す。悪夢を見るのは好きではないけれど、今ばかりはこれが悪夢であってくれたほうが何倍もマシだと思ったフェリシアである。

「妃殿下《ひでんか》」

「は、はい」

フレデリクから声を掛《か》けられ慣れていないフェリシアは、なんとなく居住まいを正す。

「昨夜のことは覚えています。自分はどれだけ酔っても、その、記憶《きおく》は残る質《たち》なので」

「それはまた……」

かわいそうに、とは口に出さないでおいた。いっそ忘れられたら精神はまだ救われただろうに。

「ですから、見苦しいところをお見せしてしまい、誠《まこと》に申し訳ありません」

「いいえ、そんなっ。誰だって大切な人を奪《うば》われたらそうなりますわよ！　ね、ウィル」

励《はげ》ますつもりで放った言葉は、どうやらフレデリクの傷に塩を塗《ぬ》ってしまったらしい。

彼がカーテンの裏で「ぐっ」と呻《うめ》いた。

なんで？　と一人困惑《こんわく》していたら、ウィリアムがこっそりと教えてくれる。

「まだ奪われてはないからね。その線引きは要注意だよ」

「き、気をつけますわ」

言葉って難しい。嘘《うそ》も真《まこと》も言わないウィリアムに鍛《きた》えられて、少しは言葉の孕《はら》む危《あや》うさにも慣れてきたと思っていたけれど、それを〝見抜《みぬ》く〟ことと〝使う〟ことはまた別なのだと気づかされる。

王妃としてやっていくなら、今後はむしろ〝使う〟場面が多くなるだろう。普段から慣らしていかないと大変そうだなと考えていたら、ようやくウィリアムからお許しを得たフレデリクがカーテンの裏から出てきた。

「さて。じゃあ朝食も終わったことだし、今日は天気もいいしね。さっそくサラを迎《むか》えに行こうか」

「「……え？」」

今から？　という副音声までフレデリクと重なった気がする。

いや、サラを連れ戻《もど》すなら早いほうがいいことはわかっている。けれど、なんとなく、らしくないと思ったのかもしれない。

そう、いつもは相手の先回りをしてじわじわねっちょりと追い詰めていくあのウィリアムにしては、直接的な行動が早い気がしたのだ。

第二章 ✿ 久しぶりの祖国は様々な思惑でいっぱいです

有言実行のごとくグランカルストの王宮へ遣《つか》いをやったウィリアムは、その遣い――ゲイルが門前払《もんぜんばら》いを食《く》らったという報告を冷静に聞いていた。

報告が終わると、室内はジェシカのお茶を淹《い》れる音だけが響《ひび》く。

ゲイルが戻ってくるまでずっとそわそわしていたフレデリクだったが、門前払いをされたと聞いた瞬間《しゅんかん》から明らかに焦燥《しょうそう》を滲《にじ》ませ始めたので、今はライラが制止役として睨《にら》みを利《き》かせていた。

「で？　おまえのことだ。ただ門前払いを食らって帰ってきたわけではないんだろう？」

「うーわー。それを見越《みこ》して俺に使者をさせましたね？　仰《おつしや》るとおり、当然侵入《しんにゅう》しましたよ」

さすがは元暗殺者。忍《しの》び込むことに関してプロである彼は、王宮に出入りする商人団体に紛《まぎ》れて中に入ったという。もう何も突《つ》っ込むまいと、フェリシアは意識して口を閉ざした。

「やっぱ大国の王宮ですね、これまでのどの場所よりも入りにくかったです。マジでバレそうになったんで手当《ボーナス》て付けてもらいたいくらいですよ」

「考えておこう」

するとその瞬間、無表情がデフォルトなはずのライラの目が光った気がした。

「それで、収穫《しゅうかく》は？」

「町の噂《うわさ》とほぼ同じようなことが出回ってましたね。パーティーでついに王様の婚約者《こんやく》がわかるかもしれないとか、王様がぞっこんだとか、二人が仲睦《なかむつ》まじく王宮内を歩いているところを見たとか。あ、そういえば、今日は二人がお忍びでデートに行くらしいとも」

「「デ、デート!?」」

あの兄からは想像もつかない単語が飛び出してきて、またもやフレデリクと驚愕《きょうがく》する。

「え？　嘘でしょう？　お兄様、本気でサラ様と……？　あのお兄様が、結婚？」

「そんな……サラ様が、仲睦まじく……」

「あの〜、二人で盛り上がってるところ悪いんですけど、あくまで噂っすからね？」

ショックを受けていると、急にフレデリクが扉《とびら》に顔を向けた。その予備動作で何をするか察知したらしいライラがフレデリクの足に自分の足をかける。綺麗《きれい》に引っかかった彼はそのまま床《ゆか》に転がった。

「陛下。国一番の騎士を止めたので、私にも手当《ボーナス》てください」

「ゲイルにもやるとは言ってないんだけれどね」

ライラが今にも舌打ちしそうな顔になる。そういえば彼女は、フェリシアとウィリアムが想《おも》いを通わせる前は、よくウィリアムの個人的なスパイ――フェリシアの監視《かんし》とも言う――としてお小遣《こづか》いを稼《かせ》いでいたことを思い出した。

もうスパイをやる必要もなくなってからはこういう彼女を見る機会はなくなっていたが、フェリシアが知らないだけで実はあったのかもしれない。

「まあ、止めたのは褒《ほ》めよう。それより、昨晩で頭が冷えたと思ったのにすぐ血が上るのはどうにかしてくれるかい、フレデリク」

呆《あき》れ声でウィリアムが咎《とが》めると、ゲイルがからりと笑いながら口を挟《はさ》んだ。

「ははっ、陛下も王女さんが連れ去られたときは、こんなふうに狼狽《うろた》えてましたけどね」

「ゲイル？」

「あ、やべ」

ついうっかり、と舌を出したゲイルは確信犯だったのか、本当にうっかりだったのか。

あのウィリアムが狼狽えていたと知り、罪悪感はもちろんあるものの、やっぱり嬉《うれ》しいと思ってしまったフェリシアだ。

「おまえはここにいても余計なことしか話さないから、ちょっとお遣いに行ってきてくれるかい」

ウィリアムが従者に紙とペンを要求すると、すらすらと何かを書き始めた。

「さっき行ったばっかですけど」

「これがお遣いのリストね。全部終わらせるまで帰ってくるなよ」

「体《てい》のいい厄介払《やっかいばら》いっすよね？」

「聞こえないな」

「酷《ひど》い！　ほんと人使いが荒《あら》い……って本気で追い出す気っすか!?」

目配せされた従者がゲイルを申し訳なさそうに部屋の外へ引っ張っていく。

ゲイルと共に騒《さわ》がしさが出て行った室内で、みんながウィリアムの次の言葉を待った。

「パーティーは三日後か……」

ぽつりと落ちた声に、床に伏《ふ》したままだったフレデリクがのそりと起き上がる。

その顔はますます酷いものになっていて、良心が痛んだ。

本当はパーティーの前にサラを奪還《だっかん》できるのが最善なのだが、会わせてさえもらえないのであればそれも難しい。

ゲイルのように単なる噂調査のために王宮に忍び込むことと、誰《だれ》かを奪還するために忍び込むのとでは難易度も格段に変わる。

フェリシアはこの状況《じょうきょう》で唯一《ゆいいつ》サラに接触《せっしょく》できる方法を知っているが、それを伝えるには、自分も覚悟《かくご》しなければいけないことがあってなかなか口が開《ひら》かない。

（いいえ。それでもあれは、もう過去のこと。ウィルは嫌《きら》いになんてならないって、大丈《だいじょう》

夫《ぶ》って言ってくれたわ)

かなり惨《みじ》めなところを見せることになってしまうかもしれない。

情けない姿を晒《さら》してしまうかもしれない。

けれど、逆に言えば、これを乗り越《こ》えられたら自信に繋《つな》がるはずだ。

(これは、チャンスよ)

前世ではよく〝ピンチはチャンス〟と言われていた。

チャンスに変えるためには、自分が行動を起こさなければならない。

「──受けましょう、建国記念パーティー」

勇気を出して声を上げたら、みんなの視線が一斉《いっせい》にフェリシアに向いた。

「パーティーなら確実にサラ様と接触できます。それにお兄様とも。そこで真意を問い詰《つ》めましょう。お兄様との闘《たたか》いなら、私が一番慣れています」

「妃殿下《ひでんか》……」

「そんな顔をしないでください、フレデリク様。門前払いをされるなら、もうそれしか方法がありませんものね!」

「けど、フェリシアはそれでいいのかい」

その声色《こわいろ》から、ウィリアムが心配してくれている気配を感じとる。

「大丈夫って、ウィルが言ってくれたんですよ?」

そう返すと、彼が観念したように目を細めた。

「うん、そうだね」

そうして問題のパーティーは、あっという間に目の前にやって来たのである。


久々に見上げる祖国の王宮の門を、フェリシアは馬車の中から不思議な気持ちで眺《なが》めた。

だだっ広い玄関《げんかん》アプローチには幾台《いくだい》もの馬車が列を成している。その馬車に刻まれた家《か》紋《もん》を小窓から眺めながら、どれがどこの貴族のものか心の中で挙げていく。

祖国にいた当時は偏《かたよ》った知識――主に姉と共にフェリシアやフェリシアの母を虐《しいた》げてきた貴族に関する知識――しか持たなかったが、シャンゼルに嫁《とつ》いでから他《ほか》の貴族についても覚えたのだ。祖国の貴族、というよりは、大国の貴族として。

当時はあんなに嫌《きら》っていた彼らのことも、第三者として学ぶとまた違《ちが》う印象を受けたのを覚えている。

（大丈夫、もうあの頃《ころ》の私じゃないわ）

無力で、無知で、ただ怒《おこ》って、泣いて、反抗《はんこう》するだけの子どもじゃない。

悔《くや》しくて睨《にら》むことしかできなかった、あのときの子どもではない。

「フェリシア」

向かいに座るウィリアムが、そっとフェリシアの手に自分のものを重ねてきた。そのとき初めて、自分がドレスを強く握《にぎ》り締《し》めすぎていたことに気づく。

ウィリアムがやんわりとフェリシアの指を解《ほぐ》していった。

「今夜は君の好きなようにしていい。何があっても、必ず私がフォローするから」

「ウィル……」

「君は一人じゃないよ。忘れないで」

胸がぎゅっと詰まるような感覚を覚えて、返事をするように彼の手を握り返した。

「ありがとうございます。……私、ウィルと会えたことだけは本当に感謝してるんです。だから今までのこと、全部が嫌な思い出ってわけではないんです」

姉に虐《いじ》められていたことも。その果てに毒を盛られたことだって。

フェリシアは、姉のおかげで生きる喜びを知れたと、そう思っている。無事に朝日を迎《むか》えられる日々が当たり前ではないのだと気づけたのも、姉のおかげだ。

そう思わないとやっていられなかったという精神状態だったこともあるけれど、全部が全部、ただの強がりというわけでもなかった。

本当にそう思っていた部分もあった。

復讐《ふくしゅう》することは、きっと簡単なことだっただろう。

でもそれをしないのは、今のフェリシアが一人ではないからだ。一人ではないから、自分さえも破滅《はめつ》に向かってしまう復讐ではなく、別の選択肢《せんたくし》を選べる。

「だから今日は、皆様《みなさま》のおかげで私は幸せですわって、そう心の中で嫌みを吐《は》きながら臨もうと思います！」

「ふふ。それは面白《おもしろ》そうだね。君らしくて素敵《すてき》な考えだ」

「ありがとうございます。それに、私のことを見下していたくせに、肩書《かたが》きだけは欲しがる貴族もいたようですから。自己満足ですけど、そういう方々と結婚《けっこん》せずに済んだのは本当に良かったと思ってますわ」

「え？　ちょっと待って。そんな輩《やから》がいたの？」

「いたんだと思いますよ？　お姉様はそういう男性と私を結婚させたがってましたから。まあ、結局実現はしませんでしたけど」

「へぇ？」

今思えば、もしかしたらそれも兄が何かしら手を回してくれていたのかもしれない。

なぜなら、ウィリアムとの婚姻《こんいん》を整えたのは兄であり、誰かが姉の邪魔《じゃま》をしなければ、フェリシアはその前に自国の貴族と結婚していてもおかしくはない年齢《ねんれい》だったから。

（お兄様の馬鹿《ばか》……）

フェリシアに感謝されることを望まない兄は、決して事の真相を明かしてはくれないだろう。

本当にどこまでも不器用な人――とそんなことを考えていたせいで、いつのまにかウィリアムの微笑《ほほえ》みに濃《こ》い陰《かげ》が落ちていたことに気づけなかった。

やっと察知したフェリシアは、何か失言をしただろうかと背中に冷や汗《あせ》を流す。

「ウィル？　顔が怖《こわ》いことになってますけど……」

「いやなに、これから向かう会場に君のことをそういう目で見た男がいるのかと思ったら、俄然《がぜん》やる気が出てきてね」

なんのやる気ですか、とは訊《き》かないでおいた。

「そ、そんなことより！　シャンゼルでの王妃《おうひ》教育の成果を発揮したいと思ってますから、ウィルは私がちゃんとできているか見ててくださいね！　粗相《そそう》をしたら大変ですから」

だから間違《まちが》っても参加者に喧嘩《けんか》を売らないでくださいね！　と言いたかっただけなのに、彼はフェリシアの意図するものとは違う〝裏〟を読んだようだ。

「そっか。つまり品がないと貶《おとし》められていたんだね？」

「…………」

冷や汗の量が増えた。

「ふうん？　さすがの義兄上《あにうえ》も、義姉上《あねうえ》の相手で手一杯《ていっぱい》だったってわけか。細かいところにまでは手が届いてなかったようだ」

「あっ、ウィル、見てください。そろそろ順番が来るみたいですよ～」

フェリシアたちの三つ前の馬車から下りた女性が、華《はな》やかなドレスを翻《ひるがえ》し、男性にエスコートされながら王宮の中へと消えていく。

話を逸《そ》らすためにあえて声を弾《はず》ませてみたが、ウィリアムの瞳《ひとみ》は一切《いっさい》ぶれない。

「フェリシア」

「はいっ」

「さっきも言ったけど、何があっても私が必ずフォローする。だから君は君らしく、ありのままの君で、好きなように闘っておいで。うまくやろうと変に気負いすぎる必要はないからね」

「……はい」

「それでも、もし心が弱りそうになったときは、隣《となり》を見上げてごらん」

「隣、ですか？」

「想像して。君は今パーティー会場にいる。周りには大勢の招待客がいるけれど、隣を見上げたら誰《だれ》がいる？」

それはもちろん、パートナーであるウィリアムだろう。そう返せば、彼が自信に満ちた顔で口角を上げた。

「そう、『ウィリアム・フォン・シャンゼル』がいる。君の夫で、シャンゼル王国の王だ。これから向かう場で〝王〟に逆らえる者なんて、義兄上以外にはいないよ。私の権力《もの》は君のものでもあるんだから、切り札として自由に使うといい」

そんなことを言われたフェリシアは、虚《きょ》を衝《つ》かれたように返事ができなかった。目の前の彼は冗談《じょうだん》ではなく本気で言っている。

だから、フェリシアはつい笑ってしまった。

ウィリアムは聡明《そうめい》な人だ。なのに、たまにこんなふうに常識外れなことを口にするから困りものだ。

「せっかくのご提案ですけど、お断りしますわ。まったくもう。そんなことを言って、私が本当に使ったらどうするんです？　ウィルは私を悪女にしたいんですか？」

「ああ、いいね。君にならに手玉に取られてみたいかもしれない」

するりとフェリシアの横髪《よこがみ》を手に取ったウィリアムが、駆《か》け引きを楽しむように色気を孕《はら》んだ視線を流してくる。嫌になるくらい綺麗《きれい》な顔が腹立たしい。

これまでの自分だったら、ただ赤面して終わっていたことだろう。彼に揶揄《からか》われたとわかって、照れ隠《かく》しをするように怒って、そんな自分を彼が「かわいい」と言ってまた楽しむ。これまでに何度もあったやりとりだ。

でもフェリシアは、これから『今までとは違う自分』を見せつけに行く予定なのだ。

だから準備運動というわけではないけれど、『今までとは違う自分』をまずは彼に見せつけてやろうと思った。

この、フェリシアが赤面して恥《は》ずかしがることを予想し、その反応を待っているであろう愛《いと》しい男《ひと》に。

彼の予想とは反する『男を手玉に取る悪女の顔』を作って。

──すっと目を細めた。

「じゃあ会場に入ったら、私以外の誰にもよそ見をしないで、私だけを見ていてくださいね？」

息を吹《ふ》きかけるように彼の耳元で囁《ささや》いて、追撃《ついげき》のキスを彼の頰《ほほ》に落とす。

男を手玉に取る悪女のイメージは、完全に前世の記憶《きおく》を頼《たよ》りにした。本当はいい感じにリップ音を鳴らしてみたかったけれど、そこまでの高等テクニックをフェリシアは持ち合わせていない。

それでも、フェリシアの反撃に驚《おどろ》き固まったウィリアムを確認《かくにん》して、ついついしたり顔になってしまう。

いつまでも翻弄《ほんろう》されっぱなしの私じゃないんですよと、胸を張ろうとしたとき。

「あっ！」

彼の頰に薄紅《うすべに》の跡《あと》を見つけてしまい、作っていた悪女顔がぽろりと剝《は》がれ落ちた。

「ご、ごめんなさいっ。口紅が……今ハンカチで拭《ふ》きますね……っ」

さすがにやりすぎたと慌《あわ》てて拭き取る。彼の白い肌《はだ》に赤い紅はまずい。何がまずいとは口にしないけれど、とにかくまずいことだけは間違いないのでそっと拭き取っていく。

今度こそ顔を赤くして慌てるフェリシアに、ウィリアムが「ふはっ」と吹き出した。

「うん。やっぱり私は、悪女よりこっちのフェリシアのほうが好きだな」

「うっ。喜んでいいのか微妙《びみょう》です」

「喜んでよ。そのままの君が一番好きだよって話なんだから」

「そ、そうですか」

嬉《うれ》しいような、でもやっぱりそうでもないような、複雑な心境だ。

「でも新鮮《しんせん》でドキッとした。これは、そのお返しね」

すると、自分の耳の近く——正確に言えば頰——で、ちゅっとリップ音が鳴った。

フェリシアにはできなかった高等テクニックだ。いや、そんなことはどうでもいい。どうでもよくて、頰に感じた柔《やわ》らかさはよく知ったものだった。

そのせいで勝手に顔が熱くなる。少しだけ身を引いた彼と、至近距離《きょり》で見つめ合う。

彼はフェリシアの反応を満足げに確認すると、次はいまだに硬直《こうちょく》から抜《ぬ》けられていないフェリシアの唇《くちびる》を奪《うば》ってきた。

「っ！」

反射的に後ろに身体《からだ》を逃《に》がしたフェリシアは、先ほどよりも頬を上気させながら自分の口元を手で押さえた。

ウィリアムがしたり顔をしているのを見て、遅《おく》れて〝お返し〟の意味がわかる。

「〜っ、口紅っ、塗《ぬ》ってるって言ったのに！」

「ははっ。君から仕《し》掛《か》けてきたのに？　でも、これでお揃《そろ》いだね」

意地の悪い顔で微笑《ほほえ》みながら、ウィリアムが自分の唇を指でなぞる。その仕草が扇情的《せんじょう》で、フェリシアの鼓動《こどう》はずっとうるさい。

「もうっ。今すぐ拭いてください！」

「じゃあフェリシア、責任取って舐《な》めとってくれる？」

「なっ……お断りします！」

それくらい自分でできるでしょ！　とハンカチを押しつけた。

こういうことで彼を見返すことは、たぶん自分には一生無理なのかもしれない。

けれど、おかげでいつのまにか緊張《きんちょう》は解《ほぐ》れていたのだった。

フェリシアが祖国にいた頃《ころ》、王宮の本宮に足を踏《ふ》み入れることは多くなかった。踏み入れたとしても、だいたい決まった場所にしか行かなかったので、パーティー会場となる大広間《ホール》には二、三回くらいしか入ったことはない。

控《ひか》え室から会場に入場する順番待ちをしている間にすでに、前に並ぶ一組からひそひそと漏《も》れ聞こえてくる声がある。その声から守るようにウィリアムが隣に寄り添《そ》ってくれて、後ろにはライラとフレデリクがいる。二人は——特にライラは、番犬よろしく背後から睨《にら》みを利《き》かせていて、思わず苦笑《くしよう》が漏れてしまった。

(でもやっぱり、想像どおりの反応ね。ただ意外なのは私がここにいること自体はそこまで驚いてなさそうってことかしら。それってつまり、私が出席することは事前に知られていた可能性が高い?)

ちなみに、今夜のライラとフレデリクは騎士《きし》ではなく、招待を受けたシャンゼルの貴族として出席している。

二人とも実家は貴族であるため、当主たちの代理出席ということにした。でなければ、フレデリクが勝手にパーティー会場に乱入してもおかしくない精神状態だったからだ。

さすがにジェシカ——フェリシアの侍女《じじよ》で男爵令嬢《だんしやくれいじよう》——にフレデリクを止めることは難しいだろうということで、ライラがパートナー役に抜擢《ばつてき》された。

本人はとても不満そうだったが、ここで伝家の宝刀のごとく特別手当てをチラつかせられて即答《そくとう》していたので、ライラにとっては良い結果になっただろう。

やがて順番が回ってくると、王宮の使用人が大広間に向けて高らかにフェリシアとウィリアムの名前を読み上げた。

それまで談笑していた会場中の人々が一斉《いっせい》に階段上の入り口に視線を向けてくる。祖国にいた頃のフェリシアだったら、そのたくさんの威嚇《いかく》するような、または品定めするような視線に怯《ひる》んでいたかもしれない。もしくは、負けじと睨み返していたことだろう。

けれど、今のフェリシアは渾身《こんしん》の微笑みをお返しする。

（ウィルのおかげで、私もこういうときの笑顔《えがお》の作り方はばっちりよ）

なにせ愛する旦那《だんな》様の得意技《わざ》だ。何度その真意を読ませない微笑みを向けられてきたことか。

実際は彼が彼自身を守るための武器だけれど、それが今はフェリシアを守ってくれている。

ウィリアムにエスコートされながら、階段をゆっくりと下りていった。

動くたびにシルクの上品な光沢《こうたく》を纏《まと》った深緑色のドレスが揺《ゆ》れる。スカート部分には薄《うす》緑《みどり》色のレースがふんだんに使われていて、さながら森の妖精《ようせい》か女王を思わせる。落ち着いた色香《いろか》を演出するこのドレスは、もちろんウィリアムからの贈《おく》り物だ。

腰《こし》の細さを強調させるための切り返し部分には、ちょうどそんな彼の腕《うで》が回っていて、フェリシアを力強く支えてくれている。

大広間の大理石に足を揃えたフェリシアは、自分に注目する面々をおもむろに見回すと、もう一度笑みを深めた。

途端《とたん》、会場が騒《ざわ》つく。

「おい、あれってフェリシア王女だよな？」

「今日参加されるとは噂《うわさ》に聞いていたが、なんだか昔と雰囲気《ふんいき》が……」

「あんなに可憐《かれん》で綺麗な方だったか？　以前は子どもの反抗期《はんこうき》のように睨んでくるだけだったのに」

「となると、隣《となり》の男性がシャンゼルの……」

「お噂どおり、とても美しい殿方《とのがた》ですわね。どうしてあんな方がフェリシア王女を？」

細波《さざなみ》のように広がっていく囁き声を払《はら》うように、フェリシアはわざとヒールで大理石を鳴らして一歩を踏み出した。

静かになった大広間を、堂々と進んでいく。

自分の一挙手一投足を見逃《みのが》すまいとする人々の視線が突き刺《つさ》さっているのを肌で感じながら、フェリシアはまっすぐとある人物の許《もと》を目指した。

階段を下りているときから目を付けていた、グランカルストの古参貴族――リンジャー公爵《こうしゃく》。彼は自国の社交に疎《うと》かったフェリシアでさえ知る大物貴族だ。

なにせ、あの父の右腕《みぎうで》として、長年宰相《さいしょう》を勤め上げた男なのだから。

ウィリアムも――アイゼンがいない今――最初に挨拶《あいさつ》すべきはこの人物だと考えていた

ようで、言葉を交《か》わさなくても流れるようにエスコートしてくれた。

「ごきげんよう、リンジャー卿《きょう》。ご無沙汰《ぶさた》してますわ」

本来なら男性であり身分の高いウィリアムが声を掛《か》けるべきだが、ここはフェリシアの祖国。これも何も言わなくても彼は譲《ゆず》ってくれた。

そして相手も察したようで、精悍《せいかん》な顔に刻まれたしわを適度に深めて応《こた》える。

「これはこれは。こちらこそご無沙汰しております、フェリシア王女」

公爵の付けた敬称《けいしょう》にフェリシアよりもウィリアムが反応したが、そのわずかな挙動に公爵は気づかない。

フェリシアはウィリアムが何か口を開く前に話を続けた。

「陛下、紹介《しょうかい》しますわ。彼はグランカルストの建国から続く由緒正《ゆいしょただ》しいリンジャー公爵家の当主で、先王の右腕として宰相を務められた方ですの」

それから、とフェリシアはリンジャー公爵に向き直って。

「リンジャー卿、彼はシャンゼルの国王であり、わたくしの夫のウィリアムです。今日はぜひ公爵に挨拶をしたいと仰《おつしや》るので、一番に紹介させていただきました」

「それは光栄です、ウィリアム陛下。リンジャー公爵、アロン・バートランドと申します。シャンゼルの新王の評判はかねがね伺《うかが》っておりますよ。なんでも他国との関税緩和交渉《かんわこうしょう》を成功させたとか、闇取引《やみとりひき》をしていた教皇を退けたとか」

「よくご存じですね。ですが、どれも国を背負う身としては当然のことです。国の維持《いじ》・発展が王族に課せられた義務ですから」

「はは、全くそのとおりです。お若いのにしっかりしていらっしゃる。我が国も先王の御《み》代《よ》は飛ぶ鳥を落とす勢いで発展していきました。腐《くさ》りかけていた国が見る見る立ち直っていく様は圧巻でしたよ。――まあその先王も、晩年には夢に囚《とら》われ、そのまま戻《もど》ってくることはありませんでしたがね。あなたも〝夢〟にはお気をつけください。それがどんなに恋《こい》しく甘美な夢だとしても、その先に待つのは永遠の眠《ねむ》りという名の破《は》滅《めつ》……かもしれませんよ」

残念がるように見せかけて、リンジャー公爵の口角はわずかに上がっていた。まるで相手を試《ため》すような、おちょくってやろうという魂胆《こんたん》が見え透《す》いた嫌《いや》みな笑みだ。

今の会話をただの世間話で終わらせることもできるだろう。

けれど、ただの世間話にしてしまったら、フェリシアは舐められたままだ。

なにせグランカルストの先王が『夢に囚われた』というのは、フェリシアの母を貶《おとし》めるときに使われる隠語《いんご》のようなものだから。

――先王を誑《たぶら》かした悪女。

他国との戦争ばかりを繰《く》り返していたグランカルストに変革をもたらし、荒《すさ》んだ国内の再建に務め上げた賢王《けんおう》。そんな王を堕落《だらく》させ、再び国に混乱を招いた女として母は知られている。

けれど実際は、母にひと目惚《めぼ》れした先王が無理やり母を手中に収め、勝手に夢中になっていただけである。

昔のフェリシアなら、母を侮辱《ぶじょく》されれば怒《いか》りを露《あら》わにしていた。真実を知っている者でさえ全《すべ》ての責任を母に押しつける状況《じょうきょう》に、腸《はらわた》が煮《に》えくりかえっていた。

公爵の視線が自分に向いていることはわかっている。

公爵だけではない。周囲にいる貴族が、観劇でもしているように聞き耳を立てている。

彼らは期待しているのだろう。フェリシアがまた以前のように癇癪《かんしゃく》を起こし、シャンゼル王の面子《メンツ》を潰《つぶ》すことを。

もしフェリシアが反論しないとしても、それはそれで母への侮辱を受け入れることになり、彼らにとってはそれもまた一興なのだ。

(相変わらずね、ここの貴族は)

腰に回るウィリアムの手に、背中を押すように力が入った。

(ウィルは私を信じてくれてる)

だから、彼は何も言い返さない。受け流すことも、反論することも、何もしない。フェリシアなら大丈夫《だいじょうぶ》だと、信頼《しんらい》してこの場を譲ってくれている。

(私はもう、グランカルストの王女じゃないわ)

あの頃《ころ》の、身の内に燻《くすぶ》る悔《くや》しさをただ晴らすだけの子どもじゃない。

微笑《ほほえ》みという武器を手に入れ、社交という経験を積み、灰色の言葉でやり返すことのできる、シャンゼルの王妃《おうひ》。

「そうですね、先王陛下のご活躍《かつやく》はわたくしも存じ上げています。だからこそ、退位されたことを嘆《なげ》く声も。ですが、そんな夢に縋《すが》りたくなったお父様の気持ちが、わたくしも今なんとなくわかりましたわ」

「……ほう？」

「人は敵の中では眠れません。自身の安全が保証されないからです。ですから、わたくしもきっと公爵の前では眠れないでしょう。先王陛下と同じように」

腹の内で何を考えているかわからない者たちの前で、気を抜《ぬ》くことは自殺行為《こうい》である。そんなこと、懇切丁寧《こんせつていねい》に説明しなくともこの場にいる誰《だれ》もが身に沁《し》みて知っていることだろう。

「先王陛下にとって、側妃様のそばが唯一《ゆいいつ》安らげる場所だった。そこしか安心できる場所がなかったのなら、本当に責められるべきは誰なのでしょうね？」

にっこりと、ここで笑みを深くする。

「ですからわたくしも、側妃様のように真《まこと》の心でウィリアム陛下にお仕えしたいと思ってますわ」

だって、と最後の一撃《いちげき》を繰り出すように付け加えて。

「わたくしはグランカルストの王女ではなく、シャンゼルの王妃ですから。間違《まちが》えないでくださいませね？」

ひくっと、公爵の頬《ほほ》が引きつった。周囲もどよめいているのが伝わってくる。フェリシアのこんな反撃《はんげき》を誰も予想していなかったらしい。たっぷりと込めた嫌みが伝わったようで清々する。

手応《てごた》えを感じて隣のウィリアムに「やったわ！」と満足げな眼差《まなざ》しを送ってみたら――彼はあわよくばその熱視線で二人の仲の良さを見せつけられればいいと思っていたら――彼はそれ以上の熱をもってフェリシアを見つめ返してきた。

(あ、あら？　なんか思ったよりも熱い視線が……え？　それ演技ですよね？　なんだかこのままキスされそうな雰囲気《ふんいき》だなって思うのは、私の恥《は》ずかしい勘違《かんちが》いですよね!?)

腰《こし》をぐっと引き寄せられる。ちょっと待ってそれはまずいですって！　と思わず抵抗《ていこう》しそうになったけれど、ウィリアムは腰を引き寄せただけでそれ以上近づいてくることはなかった。

が、代わりのように手を搦《から》め捕《と》られ、グローブ越《ご》しの薬指にキスを贈《おく》られる。

「公爵は、先ほど私の評判について話してくださいましたね」

「あ、ああ。それが何か」

「このような場でこうして妻をかわいがる私も、おそらくあなたの言う『夢』に囚われているのでしょう。ですが、あの功績は全て彼女と共に成し遂《と》げたものです。妻が私と共に奮闘《ふんとう》してくれた。彼女というかけがえのない存在が、私に力を与《あた》えてくれたからこその功績です」

ウィリアムのうっそりと微笑む姿に、公爵《こうしゃく》がたじろいだ。

「私にとっての『夢』は見るだけのものではありません。彼女と共に成し遂げるものでもあります」

挑発《ちょうはつ》的な瞳《ひとみ》が公爵を、ここにいる悪意ある貴族たちを鋭《するど》く貫《つらぬ》く。

「気をつけるべきは、あなた方のほうかもしれませんよ。本当の永遠の眠りにつきたくなければ、ね」

それはつまり、これ以上フェリシアの母を貶《けな》す行為はフェリシアを貶めることと同義であり、大切な妻を侮辱する輩《やから》には黙《だま》ってないぞ、というウィリアムらしい牽制《けんせい》だ。

思わず苦笑《くしょう》を漏《も》らしてしまったが、こればかりは彼のせいにしておこう。

「久々にお話しできて楽しかったですわ、リンジャー卿《きょう》。では、わたくしたちはこれで」

呆然《ぼうぜん》とする公爵を置いてその場を後にする。

フェリシアとウィリアムの行く手には、二人を避《よ》けた貴族による花道が出来上がっていた。

「あれがフェリシア王女？　どうなっているの？」

「違《ちが》うわ、フェリシア王妃よ。やめて、こっちまで目を付けられたらどうするの」

「あのリンジャー公爵を言い負かすとは……見ろ、公爵の気まずそうな顔。あの人のあんな顔は滅多《めった》に拝めないぞ」

「敵に回すのは厄介《やっかい》かもしれん」

ひそひそ、ひそひそ。隠《かく》そうともしない言葉たち。

今まで自分を侮《あなど》っていた人々が、今度は急に自分を警戒《けいかい》し始めることが不思議な気分だった。これには清々するというよりも、ただただ落ち着かない。

昔は、あんなに怖《こわ》いと思っていたのに。

(拍子抜《ひょうしぬ》けというか、あのときもこうすれば良かったんだって、変な感じだわ)

あれくらいで〝貴族の仮面〟を外す公爵を見て、手のひらを返す貴族たちを知って、肩《かた》透《す》かしを食《く》らったような気分だ。

なんでだろうと考えたとき、隣《となり》のウィリアムが浮《う》かんだ。

彼はあれくらいの反撃では仮面を外さない。あれくらいの反論なんてそれ以上の巧《たく》みな話術で覆《くつがえ》してくる。

フェリシアはずっと、そんな相手と過ごしてきた。

「――ふふ」

「？　どうしたんだい、フェリシア。急に笑って。確かに公爵のあの顔は面白《おもしろ》かったけど」

「違いますよ。そっちじゃなくて、ただ、ウィルってすごいなぁって改めて思ったので」

「そう？　私は君のほうがすごいと思ってるよ。さっきの返しは素晴《すば》らしかった。さすが私の奥さん」

「ありがとうございます。妻にも容赦《ようしゃ》なく策略を立ててくる旦那《だんな》様のおかげですわ」

「それは……一周回って惚《ほ》れ直してくれると嬉《うれ》しいかな……」

「ふふっ。大丈夫、毎日惚れ続けてますから」

エスコートしてくれる彼の腕《うで》に擦《す》り寄る。ウィリアムの腕が一瞬《いっしゅん》ぴくっとしたのは、フェリシアの返しが予想外だったからだろう。

なぜそう思うのかと訊《き》かれれば、彼の目元が淡《あわ》く色づいていたからだ。本当に妻からの接触《せっしょく》に耐性《たいせい》がなさすぎてまた笑ってしまった。

「そ、それよりフェリシア、お腹空《なかす》かない？　義兄上《あにうえ》が出てきたらそれどころじゃなくなるだろうし、先に軽く食べておこうか？」

「いいですね、賛成です」

ウィリアムと共に食事が並ぶ一画へ向かう。その間も人の視線は突《つ》き刺《さ》さってくる。

ここにいる間は気は抜けないなと、嘆息《たんそく》したとき。

「フェリシア！　ここにいたんだね、久しぶり！」

懐《なつ》かしい人物がやって来た。従兄《いとこ》のテオドールだ。

「リンデン卿。ええ、本当に久しぶり。グランカルストのパーティーだから会えるかもとは思ってたけど、こんなに早く会えて嬉しいわ」

そう言うと、青みの強いグレーの目が面映《おもは》ゆそうに細められた。

最後に会ったのはいつだっただろうか。記憶《きおく》にあるのと変わらない長い金色の髪《かみ》を、キュートなリボンで一つに束ねている。

「僕は今来たところでね。フェリシアが来るって聞いてたから、一番に会いに行こうって決めてたんだ」

「まあ、そうだったの？」

会話に花が咲《さ》く前に、ウィリアムが間に割って入ってきた。

「相変わらず礼儀《れいぎ》がなっていないね、従兄殿《どの》は。私のことをわざと無視しているのかな」

「ふん、そちらも相変わらず笑っているのかいないのかわからない不気味な顔をしているな」

「敵意剝《む》き出しの従兄殿には負けますよ」

バチバチッと、こちらもまた懐かしい火花が散る。そういえばこの二人は会ったときからこんな感じだった。

原因は、テオドールがフェリシアに求婚《きゅうこん》したことがあるという事実の発覚だが、それは子どもの頃《ころ》の話。

一応、父はテオドールをフェリシアの婚約者として指名していたようだけれど、それもアイゼンが玉座に就《つ》いたときに白紙に戻《もど》っている。

フェリシアは、テオドールが自分と結婚するつもりでいたのは、彼の優《やさ》しすぎる性格と、父の命令に逆らえなかったことが理由だと今でも思っている。

だから自分が結婚した今、テオドールも別の婚約者を見つけているはずだと推測し彼の周囲を見回した。

「それよりリンデン卿、今日はどなたといらしたの？」

恩ある従兄の婚約者ならぜひ会ってみたいと、期待を込めて訊《たず》ねる。

しかし、テオドールはあっさりと否定した。

「ああ、今日は母上と来たんだ。父上が風邪《かぜ》で寝込《ねこ》んでてさ。僕に婚約者がいれば、母上も父上の看病ができたんだろうけど――」

そう言って、彼がじっと見つめてくる。その瞳の奥に宿るものにフェリシアは気づかない。

けれど、いつもほんわかと笑っている従兄の、いつもと違う雰囲気は感じとった。

彼は王宮という海千山千が蔓延《はびこ》る中では珍《めずら》しい、純真無垢《むく》で癒《い》やしの存在だ。

そんな彼が今は怖いくらい表情筋を強張《こわば》らせて……まるでそう、ただ事ではない何かが起ころうとしているような気配を漂《ただよ》わせている。

「あのさ、フェリシア」

「なに？　どうかしたの？　もしかして、公爵家に何かあった？」

心配になって前のめり気味に返事をした。

「いや、そうじゃなくて……あのさ、今度こそ、ぼ、僕と一緒《いっしょ》に、おどっ――」

「だめだよ」

そのとき、フェリシアの意識を自分へと取り戻すようにウィリアムが肩《かた》ごと抱《だ》き寄せてくる。

反射的に見上げた彼もまた、いつもより不穏《ふおん》な空気を滲《にじ》ませた笑《え》みを刻んでいた。

「これは前にも言ったはずだ。君とは一生踊《おど》らせない」

「はは……本当に、相変わらず悪魔《あくま》だな、あなたは」

テオドールが顔を伏《ふ》せるように下を向いたとき、その目元に彼らしくない翳《かげ》りを見つける。ただそれは一瞬で、次に顔を上げた彼は意思のこもった眼差《まなざ》しでウィリアムを見据《みす》えていた。

「わかってたさ。あなたは絶対邪魔《じゃま》してくるだろうなって。でも……」

テオドールがフェリシアの手を奪《うば》う。強引《ごういん》なことには無縁《むえん》だった彼のその行動に、フェリシアだけでなくウィリアムも目を瞠《みは》る。

「でも今日だけは、僕も譲《ゆず》れない」

（リンデン卿……？）

今夜は兄の真意を確認《かくにん》するために参加した。サラに会って訊きたいことがいっぱいあった。

だから、こんな展開は不意打ちすぎる。

「一度踊ってくれるだけでいい。ささやかな願いなんだ。それに、どのみち社交パーティーに来て誰《だれ》とも踊らないわけにはいかないだろう？　だったらそれが僕でも、何も問題はないよね？」

彼の言うことは正しい。今夜が建国記念日の祝いの席だったとしても、実質社交パーティーであることには変わらない。

ここに集まった人々が会話で、ダンスで、己《おのれ》の人脈を広げ、情報を得ようとするのはごく当然の行動である。

フェリシアも社交として何人かと踊ることになるだろうとは思っていた。

それはむろん、ウィリアムも。

「……以前とは別人のように物分かりが悪くなりましたね、従兄殿」

「あのときと違《ちが》って、あなたがどういう人物か知っているからな。それに今回は――」

テオドールがくしゃりと顔を歪《ゆが》める。その辛《つら》そうな表情が気になったけれど、彼が続きを口にすることはなかった。

代わりに、挑《いど》むような目でウィリアムを睨《にら》む。

「〝仕事〟なら、あなたも無下にはできない……らしいな？」

すうっと、ウィリアムが微笑《ほほえ》みを消した。作り物の怒《いか》りの頂点を越《こ》えたように。

義兄上の入れ知恵《ぢえ》か、というウィリアムの呟《つぶや》きを耳が拾ったとき、にわかに会場が騒《さわ》がしくなった。

参加者たちの視線を辿《たど》った先に、本日の主役たちが登場していた。

近くにいた令嬢《れいじょう》たちの興奮した会話が耳に届く。

「ちょっと！　アイゼン陛下、本当にいつもと違う方を連れてるわよっ」

「今まではお身内しかパートナーに選ばなかったのに、そんな……」

「あなた、陛下のこと本気で狙《ねら》ってたものね」

「そうよ。だって私………だめ、ちょっと端《はし》で休んでくるわ……」

「それがいいわ。いってらっしゃい」

扇《おうぎ》で涙《なみだ》を隠《かく》す令嬢と、その友人と思われる令嬢が別れる。フェリシアはその様子をぽかんと見送った。あんな兄でもそこまで慕《した》ってくれる女性がいたらしい。

なのに、兄が選んだのは――。

「サラ様……っ」

少し離《はな》れた位置で同じようにアイゼンたちに注目していたフレデリクが呟く。

ライラは全く興味がないのか、一人食事に夢中になっているが、フレデリクの形相は酷《ひど》いものだった。

無理もない。サラが自分ではない他《ほか》の男の隣《となり》にいるだけでなく、その状況《じょうきょう》を自ら受け入れていることを示すように腕を組んで、微笑んでいるのだから。

「フェリシア」

兄とサラの登場に気を逸《そ》らしてしまったフェリシアを咎《とが》めるように、テオドールが軽く腕を引っ張ってきた。

「その手を放してもらえるかな。フェリシアが嫌《いや》がっているだろう？」

ウィリアムも負けじと対抗《たいこう》する。

「なぜですか、サラ様……っ」

視界の端では、フレデリクがふらりとサラの許《もと》へ踏《ふ》み出したのが映った。

（ちょ、えっ、ちょっと待って！　あっちもこっちも問題が……もうっ、どうすればいいのよー！）

頭が破裂《はれつ》しそうとは、まさにこのことだと思ったフェリシアである。

主役の登場でパーティーが本格的に始まってしまい、まずはファーストダンスの曲が流れ始めた。

アイゼンとサラは主役の務めを果たすべく中央でダンスを踊り、その光景に呆《ほう》けていたフェリシアをウィリアムが連れ出すようにしてダンスの輪に加わったが、フレデリクはショックから一歩も動けないでいる。

そんな混沌《こんとん》から始まったパーティーだが、ファーストダンスを終えたフェリシアは今、テオドールと踊っていた。

これはひとえに、テオドールの粘《ねば》り勝ちと言ってもいい。

『――確かに〝仕事〟なら、私自身それでフェリシアに我慢《がまん》させているところがあるからね、口を挟《はさ》むことはしないよ。でも、仕事なら、だ。従兄殿《いとこどの》は私情が多分に含《ふく》まれているように思うけれど？』

ウィリアムがそう切り捨てても、テオドールは諦《あきら》めなかった。

そんな膠着状態《こうちゃくじょうたい》を解き放ったのは、ウィリアムでもテオドールでもない、第三者である。

女性が一人ウィリアムに近づいてきたと思ったら、芝居《しばい》がかったようなマシンガントークで彼を連れて行ってしまったのだ。

いつもの彼なら不必要なダンスは踊らない。誘《さそ》いも華麗《かれい》に躱《かわ》す。

けれどその女性は、あのウィリアムでさえ断れない相手だった。王妃《おうひ》のいないグランカルストの社交界を仕切っている、オブライエン公爵《こうしやく》夫人。

つまり、テオドールの母にして、フェリシアの叔母《おば》である。


「本当にごめんね、フェリシア。母上があんな強引に……」

「私は大丈夫《だいじようぶ》よ。久しぶりに叔母様にも挨拶《あいさつ》できたし、会えて良かったわ」

さっきの追い詰《つ》められたような様子から一転、いつもの調子に戻《もど》ったテオドールは、軽《かろ》やかなステップでフェリシアを導いてくれる。

大きな耳と尻尾《しっぽ》が見えるくらい喜ばれて、そんなに自分と踊りたかった訳でもあるのだろうかと内心で首を捻《ひね》った。

まあ、フェリシアも、アイゼンとサラの許に突撃《とつげき》したくても、パーティーの参加者たちがこぞって主催者《しゆさいしや》である国王《アイゼン》に挨拶に行っているため、まだ近づける雰囲気《ふんいき》でもないのでいいけれど。

そんなことを考えていたら、会話がそこで止まってしまう。

ダンスを踊る前にはほんのりと赤らんでいるだけだった彼の顔は、踊り始めてから急に色を濃《こ》くしている。もしかして風邪《かぜ》で寝込《ねこ》んでいるという彼の父親の風邪でも移ったのだろうかと心配になった。

「ねえ、リンデン卿《きょう》」

「な、なに？」

「顔が赤いわ。もし体調が優《すぐ》れないんだったら、ダンスはもう……」

「だ、大丈夫！　これは違うから。あの、ちょっと、緊張《きんちょう》してて っ」

「緊張？」

首を傾《かたむ》けた拍子《ひょうし》に叔母と踊っているウィリアムが視界に入った。

「だって、やっとフェリシアと踊れてるから。最後に頑張《がんば》って良かったなあって」

ウィリアムはあんなにフェリシアとテオドールが踊ることを拒絶《きょぜつ》していたのに、今はこっちに目もくれず、なんとも楽しそうに叔母とステップを踏んでいる。

これは別に嫉妬《しっと》ではないし、彼が叔母と何かあるとは思ってもいないけれど、なんとなく面白《おもしろ》くないのも否《いな》めない。

「あの、フェリシア？　どうかしたの？」

「えっ。ううん、なんでもないわ」

うふふ、と誤魔化《ごまか》すようにゆったりと微笑む。ウィリアムに意識をとられていたせいで、途中《とちゅう》からテオドールの話を聞いていなかった。

自分でも情けないとわかっているが、おそらくこれは拗《す》ねているのだろうと自己分析《ぶんせき》した。

（ウィルにずっと私だけを見ててほしい、なんて……なんか日に日に酷くなってないかしら）

もし想《おも》いを許れる世界だったら、おそらく自分の想いは順調に重さを増やしていっているに違いない。重すぎて嫌《きら》われないよう、ダイエットすべきだろうか。

「……フェリシアは、やっぱり彼なんだね」

「彼？」

無理やり視界からウィリアムを追い出し、テオドールに意識を戻す。彼はどこか寂《さび》しそうに眉尻《まゆじり》を垂れ下げていた。

「ウィリアム殿のことだよ。そういえば陛下から聞いてはいたけど、直接は聞いてなかったな。フェリシアは今、幸せ？」

脈絡《みゃくらく》のない質問には少しだけ面食《めんく》らったが、その答えはすぐに出せる。

「ええ、幸せよ」

好きな人と一緒《いっしょ》にいられる毎日を、そう言わずしてなんと言おう。

自分が誰《だれ》かをこれほど愛せることを知った。大切な人がいる日々の尊さを知った。

グランカルストにいた頃《ころ》の、さらには前世の自分では到底《とうてい》想像もできなかった幸せを、今、噛《か》みしめている。

でも、とフェリシアは綻《ほころ》ばせた口元を引き締《し》めた。

「お兄様から聞いていたって、どういうこと？　お兄様、まさかまたリンデン卿に変なこと吹《ふ》き込んでないでしょうね？」

テオドールは貴族にしては珍《めずら》しい天真爛漫《てんしんらんまん》な男なのだ。できればそのまま、眩《まぶ》しいくらいの存在でいてほしいと勝手に願っている。

彼の許には、昔からよく人が集まる。それはみんなが彼の放つ光に憧《あこが》れて吸い寄せられるからだ。この優《やさ》しい従兄の周囲は、そんな優しさで溢《あふ》れた世界であってほしい。

なぜなら、フェリシアが祖国での過酷《かこく》な日々を乗り越《こ》えられたのは、この従兄が持ち前の明るさでフェリシアを照らしてくれていたことも一つの理由だから。

フェリシアが普《ふ》通《つう》なら眉《まゆ》を顰《ひそ》められるような趣味《しゅみ》に走っても、彼は否定しなかった。むしろ珍しい植物を見つけてはプレゼントしてくれた。

捻くれ者の実兄《じっけい》より兄らしくて、フェリシアはそのまま兄のように慕《した》っていた。

だから、彼にも幸せになってほしいと祈《いの》っている。

「大丈夫、陛下もそんな変なことは言っていないよ。逆に今はもう言わなくなったから。言わなくなったのが、僕は……」

「リンデン卿？　やっぱり顔色が悪いわ」

「違《ちが》うんだ、本当に大丈夫だよ。陛下はね、フェリシアが婚約《こんやく》した頃とか、結婚したばかりの頃は、たまにウィリアム殿の悪口を言ってたんだけど……」

言ってたのか。兄はあとで説教だと心の中で決めた。

「でも、最近は何も言わなくなったんだ。言わなくなったのが、僕にとっては複雑で」

「複雑？」

「だってそうでしょ？　ようはそれって、陛下が彼のことを認めたってことなんだよ。あの陛下が、認めたんだ。そう思ったらさ、やっぱり実感しちゃって」

泣きそうな顔だと思ったのは、フェリシアだけだろうか。

ダンスのためにホールドしている彼の手が震《ふる》えているような気もした。

いや、最初から震えていたかもしれない。彼は緊張していると言っていたから。幼い頃から知っているはずのフェリシアを前にして、緊張しているのだと。

顔を真っ赤に熟《う》れさせて。

（あ……もしかして、これって……）

なんとなく感じとった雰囲気は、トルニアで覚えのあるものだ。

誘拐《ゆうかい》されたフェリシアを助けてくれた、旅芸人一座の男マルス。彼もまた精悍《せいかん》な顔を彼岸花のように赤くさせ、フェリシアに告白した。

——好きだ、と。

（テオは、確かによく贈《おく》り物をくれたり、気に掛《か》けてくれたり、した、けど）

幼い頃には求婚されたこともある。ただ、すずらんの花が求婚の花だと当時のフェリシアが知らなかったことは、テオドールも知っている。

フェリシアは信じていた。彼の好意は全《すべ》て、父がフェリシアの婚約者に彼を指名したからだと。父に逆らえなかった彼が、優しい彼なりに将来の政略結婚《フェリシア》の相手を大切にしてくれていただけなのだと、そう、信じて疑っていなかった。

でも、この雰囲気は違う。

今まではそういう経験がなかったから――ウィリアムから求婚されたときはこんなふうに改まっていなかったので――気づけなかったけれど、一度でも同じような体験をすればわかる。

熱のこもる頬《ほほ》。震える手。相手を渇望《かつぼう》する瞳《ひとみ》。

どうして今まで、気づけなかったのだろう。

「フェリシア」

互《たが》いの距離《きょり》がぐっと近づく。ダンスの流れとしてはおかしくない。きっとマルスのことがなければ、フェリシアは特に何も思わなかった。

「なんだろうね。前会ったときはさ、まだ君たち二人とも――というより、特にフェリシアのほうがかな――そこまで信頼《しんらい》し合ってなかったというか、婚約したばかりだったし、僕もそんなに実感が湧《わ》かなくて、焦《あせ》りを感じなかったんだ。手紙のやりとりをできるだけで十分で、そのあともずっと、直接二人を見ずに過ごしてきたから、余計に実感がなかった。結婚式も僕は参列できなかったし、それでいいと思ってた。たぶん、認めたくなかったんだと思う。でもさ、だからなのか、ずっと心に引っかかってて」

「リンデン卿、ごめんなさい。それ以上は……」

聞いてはいけないような気がして、彼の胸板《むないた》を軽く押し返す。

もちろんダンス中に本気でそんなことはできないので、これはある種の意思表示だった。

「ごめん。でも聞いて。僕を従兄《いとこ》として慕ってくれてるのなら」

抵抗《ていこう》する手が止まる。ああ、と嘆《なげ》いた。目の前にいるのは、もうあの純真無垢《むく》な従兄ではない。

フェリシアが誰かの想いに気づけるようになったように、テオドールも少しの駆《か》け引きを覚えてしまったらしい。

変わらないものなんて、きっとないのだろう。

でも、進んで傷つけたくもない。

告《い》われなければ傷つけないで済むと考えるのは、卑怯《ひきょう》なことだろうか。

「……好きだったよ、フェリシア。君のめげないところ、明るいところ、僕も元気をもらってた。一生懸命《いっしょうけんめい》生きようとする君は尊くて、力になりたかったんだ。ずっと僕の隣《となり》で笑っていてくれたらって、そう思ってた」

曲が終わり、呆然《ぼうぜん》とするフェリシアの手を引いてテオドールがダンスの輪から抜《ぬ》け出す。その間も彼は会話をやめなかった。

「僕はずるいんだ。これまで何度か伝えてきた『好き』って言葉は、いつもどこか逃《に》げ道を作ってた。そりゃあ君が勘違《かんちが》いして『私も毒草薬草が好きよ』って言うのも当然だし、話が嚙み合わないのも仕方ないと思う。そういう場面でしか伝えたことがなかったから。こんなふうに本気で伝えて振《ふ》られたらさ、もうそばにもいられなくなるでしょ？　無意識だったけど、それを恐《おそ》れてたんだ。だから、フェリシアに本気にしてもらえていないことがわかってからも、曖昧《あいまい》なままにさせてた」

うん、と小さく頷《うなず》く。

他人の剝《む》き出しの心に触《ふ》れるのは、いつも切《せつ》なくて苦しい。

「今日どうしても踊《おど》りたかったのは、これを伝えたかったから。曖昧なままじゃ色んな面からだめだって気づいて、曖昧にさせちゃったからモヤモヤしてるんだなって気づいちゃったから。あの、本当にごめんね、困らせちゃって」

テオドールが慌《あわ》ててハンカチを差し出してきたので、フェリシアは彼を軽く睨《にら》む。

「泣いてないわ。私、別に困ってないもの。リンデン卿《きょう》の——テオの気持ち、困るだなんて思ってない」

「フェリシア……」

「テオはずるくもない。好きな人と少しでも長くいたいと思うのも、振られたくないと思うのも、解《わか》るもの」

告白を断るのは、正直辛《つら》い。マルスのときもそうだった。フェリシア自身に最愛の人がいるからこそ、そのウィリアムに振られたらと考えるだけで辛くて息が苦しくなる。

けれど、ここで情に流されれば、お互いのためにならないことも知っている。

「テオ、さっき『好きだった』って言ったわよね」

「うん」

「過去形なのは、ちゃんと意味があるのね？」

「うん……あるよ」

そう言った彼は、フェリシアが見たことのない表情をした。重大な決断を下したような、凛々《りり》しい男の顔。

「そう」

なら、とフェリシアは彼が褒《ほ》めてくれた笑《え》みを浮《う》かべて。

「ありがとう。あなたの幸せを、心から祈ってるわ」

「……うん、こちらこそ、ありがとう」

テオドールの声が震えていたことには、気づかないフリをする。これが「好き」ではなく「好きだった」と告白された、フェリシアなりの精一杯《せいいっぱい》の返事だ。

今度はフェリシアが冗談《じょうだん》めかしてハンカチを差し出した。

「いる？」

「うーん。欲しいけど、遠慮《えんりょ》しようかな」

どちらからともなく笑みをこぼして、気まずい空気が霧散《むさん》した。こうして屈託《くったく》なく笑う彼は昔のままで、フェリシアはほっと胸を撫《な》で下ろす。

そのまま二人で会場の隅《すみ》に移動した。

「でもリンデン卿、私のこと、ちょっと利用したでしょ」

「え⁉」

「だって過去形って、そういうことでしょ？　想《おも》いを吹《ふ》っ切るためとか、前に進むためとか」

「ご、ごめん！　そんなつもりはなかったんだけど。あれ、でも待って、よくよく考えるとそうなる、かも？」

ちょっとのずるさを覚えても、根本はやはり変わらないらしい。揶揄《からか》ってみただけのフェリシアに必死に謝る姿は、自分のよく知る優《やさ》しい従兄のままだった。

「気にしないで。私も意地悪してごめんなさい。それに、こうしてリンデン卿が勇気を出したのって、きっと自分のためというより、お相手のためなんじゃない？」

「……えっ」

なんで、とわかりやすく顔に出したテオドールを見て、フェリシアは「やっぱり」と苦《く》笑《しょう》した。

彼は優しい。いつも相手のことを考えて行動するような人だ。

そんな彼が自分のためだけに告白するとは思えなかった。フェリシアの知っている頃《ころ》のテオドールなら、おそらくフェリシアを困らせないために隠《かく》し続けただろう。

そうしなかったのは、つまりテオドールの中でフェリシアよりも大切な存在ができたということだ。

二人がもう恋人《こいびと》関係なのか違《ちが》うのか、そこまではわからないけれど。

今回の告白は、テオドールにとっては過去の自分との決別であり、大切にしたい存在への意思表示でもあったのかもしれない。

これでもう、過去を振り返ることはないという——。

「えーと、それはなんていうか、さすがに言葉にするのは恥《は》ずかしいというか……どっちにしろ、僕が勝手にやっただけだしねっ。ありがた迷《めい》惑《わく》って思われるかも。フェリシアのことも困らせて……僕ってこういうこと、本当に向いてないよね、あははっ」

「何言ってるの。そういうことじゃないでしょ。向き不向きなんかどうでもいいの。リンデン卿が相手に誠実になろうとして起こした行動を、リンデン卿自身が笑っちゃだめよ。その想いは、きっと相手の方にも届くから」

「そう、かな」

「そうよ、絶対届く。だって、相手のために勇気を出せたんだから」

「フェリシア……うん、そうだね。ありがとう。僕、もう少し頑張《がんば》るよ！　どんな始まりだって、そこにずっと愛がないわけじゃないって、彼女に解ってもらえるように」

頑張って！　とエールを送っていたら、そこに割り込んできた声があった。

「ご歓談《かんだん》中失礼いたします。もしよろしければ、僕も交ぜていただいても？」

フェリシアにとっては見慣れない男性である。

けれどテオドールは知っているらしく、和《なご》やかに応《こた》えていた。というより、この会場中で彼の知らない人間を探すほうが無理に思える。彼は相手が誰《だれ》だろうとそれなりの関係を築けてしまうほどコミュニケーション能力が高いから。

男の見た目はテオドールより少し上か同い年くらいで、オールバックに整った髪型《かみがた》は清潔感を漂《ただよ》わせている。

なのに、なぜなのか。

フェリシアはなんとなく背筋が寒くなる感覚を覚えた。狐《きつね》みたいに細い目がこちらを品定めするように見てくるからだろうか。まあ、先ほどのリンジャー公爵《こうしゃく》のことがあるので、その視線も仕方ないと言えば仕方ないものなのかもしれない。

彼は近くを通った給仕係を呼び止めると、フェリシアとテオドールにシャンパンを勧《すす》めてくる。

「いえ、わたくしは結構ですわ。喉《のど》は渇《かわ》いておりませんので」

という言い訳は、万が一の事態を警戒《けいかい》してのことである。経験上、自衛はしすぎるに越《こ》したことはないと思っているし、それが結果的にウィリアムを安心させられることも知っている。

「僕も今はいいかな」

「そうですか？　残念です。――ああ、その前にフェリシア様への挨拶《あいさつ》が先でしたね。失礼。僕はルドヴィック・アドラー。父が伯爵《はくしゃく》で、僕も男爵位を賜《たまわ》っています。先ほどのリンジャー公爵への見事な対応に感服しまして。ぜひ僕とも懇意《こんい》にしていただけたらと思い、テオドール様がいらっしゃるときにお声掛《こえが》けさせていただいたんです」

それは暗に自分を紹介《しょうかい》してほしい、というテオドールへのメッセージだったのだろう。

ルドヴィックの視線に頷いたテオドールが、フェリシアに向き直った。

「彼は国のためによく働いてくれる青年でね。僕とは勤務する部署が違うけど、たまに国の未来について酒の席で語り合う仲なんだ」

「テオドール様は由緒正《ゆいしょただ》しい公爵家のご子息ですので、いつも有意義な時間を過ごさせてもらっています。それに、テオドール様は他国についてもお詳《くわ》しいので、色々勉強になりますしね。フェリシア様にもぜひシャンゼルについてお伺《うかが》いしたいです。我が偉《い》大《だい》なるグランカルストと比べてどうですか？　ご不便などあるのでは？」

外向き用の微笑《ほほえ》みを貼《は》りつけながら、フェリシアは内心でファイティングポーズを取った。

(これは、喧嘩《けんか》を売られていると思っていいのかしら？)

でなければ、『ご不便などあるのでは？』と決めつけた訊《き》き方はしないだろう。『我が偉大なるグランカルスト』という言葉も、引っかからないと言えば嘘《うそ》になる。

テオドールはおそらく気づいていない。悪意あるルドヴィックの言葉に。

こんな人間をテオドールに近づけたくない気持ちはあるが、フェリシアの前でだけこうなのだとしたら、あまり強く口も出せない。

(国のためによく働く、ね)

どうやら彼は、国への忠誠心が高いタイプのようだ。

それは別に悪いことではない。今の発言も、フェリシア個人への攻撃《こうげき》というより、自分の国を愛しているからこそ出たもののようにも思う。

ただ、だからといって見逃《みのが》すつもりはない。このままではシャンゼルを馬鹿《ばか》にされて終わってしまう。

そもそもフェリシアのことをいきなり名前で呼んできたことについても、舐《な》められたままでは終われないと反撃しようとしたとき。

「失礼いたします」

聞き耳を立てていたらしい他《ほか》の貴族までわらわらと集まりだした。

「少しお話が聞こえてきまして……もしよければ、私もご一緒《いっしょ》させていただきたいのですが。ブランドル伯爵家のモリスと申します」

「あら、殿方《とのがた》ばかりずるくてよ。わたくしも王妃《おうひ》様にご紹介いただけますかしら、テオドール様」

貴族の手のひら返しは早いと知っていたつもりだったけれど、ここまで早いとは思わなかったフェリシアである。

「王妃様。せっかくですし、このあと女性だけのサロンにいらっしゃいませんこと？　シャンゼルの社交界についてお話を聞きたいですわ」

「いやいや、それよりシャンゼルの文化など教えていただけたら幸いです。僕は他国に興味がありまして」

「待ってください。最初に声を掛けたのは僕ですよ」

「まあ、そんな心の狭《せま》いことを……」

集まった貴族同士で小さな諍《いさか》いが始まる。

だんだん収拾《しゅうしゅう》がつかなくなってきたなと、どう諫《いさ》めようかと考えていたら。

「――はい、そこまで」

後ろからフェリシアの両肩《りょうかた》を支えるように現れたのは、ウィリアムである。

彼の顔には当然のように外向きの仮面がくっついていた。

けれど――。

「愛する妻が人気なのは嬉《うれ》しい限りですが、ここまで好かれていると夫としては気が気ではありません。そろそろ私の許《もと》へ返していただいても？」

振《ふ》り仰《あお》いだウィリアムからは、フェリシアにしかわからないほど薄《うす》い不機嫌《ふきげん》オーラが滲《にじ》み出ていた。

「あらまあ。シャンゼルの国王夫妻は仲が良いのですね」

「ええ。これくらいのことに嫉妬《しっと》してしまうほどに」

その返しには女性陣《じん》から黄色い悲鳴が上がる。

「ですが、わたくしたちも陛下からお願いされておりますのよ。妹は久々の故郷で緊張《きんちょう》するだろうから、和《なご》ませてやってくれと」

「その間、シャンゼル国王は我々とカードゲームなどいかがです？　伺いたいお話がたくさんあるんですよ」

フェリシアとウィリアムは瞬時《しゅんじ》に悟《さと》った。これはどう考えてもアイゼンの差し金である。

自分たちをサラの許に行かせない作戦だろう。

はたして彼女たちが兄の作戦を知って加担しているのか、それとも知らずに加担させられているのか、現段階では判然としないけれど。

でもなんとなく後者のような気がしたフェリシアは、ウィリアムにもたれかかるようによろめいた。

「フェリシア、大丈夫《だいじょうぶ》かい？」

気遣《きづか》ってくれるウィリアムと視線があったとき、アイコンタクトを取る。それによってよろめいたのがフェリシアの演技だとすぐに気づいてくれたウィリアムが、演技に乗る形で周囲に向けて申し訳なさそうな顔を作った。

「どうやら妻の体調が良くないようですので、我々は休憩《きゅうけい》のために一度抜《ぬ》けさせていただきますね」

「皆様《みなさま》、申し訳ございません」

「いいえ、そういうことでしたらお気になさらず。また機会をいただけますと光栄ですわ」

「ええ、それでは失礼しますね」

ウィリアムに支えられながら集団から抜け出す。

付近に誰《だれ》もいない会場の隅《すみ》まで移動して、ふうと息を吐いた。

「ありがとうございます、ウィル。助かりましたわ」

「いや、君の機転に助けられたのはこっちのほうだよ。けど、なぜあなたまでついて来たんだい？」

仮面を被《かぶ》る必要がなくなったからか、その声音《こわね》には先ほどうっすらとしか感じなかった不機嫌さが遠慮《えんりょ》なく乗っていた。

矛先《ほこさき》を向けられたテオドールが眉間《みけん》にしわを寄せて答える。

「僕だってあの場に残りたかったわけじゃないからだ。途中《とちゅう》空気も悪かったし」

「人の妻を勝手に攫《さら》っていったのなら、それくらいフォローしてほしいものだけどね。フェリシアを困らせないでくれ」

これは結構怒《おこ》っているなと、気まずい気持ちになる。

一方テオドールは、ウィリアムの態度の悪さにも特に怒ることはなかった。

「それは悪かった。……困らせたことも、悪いと思ってる」

最後だけトーンが落ちた声を怪訝《けげん》に思ってか、ウィリアムが後ろを振り返る。彼に腰《こし》を押されながら歩いていたフェリシアも自然と足を止めた。

テオドールとは少し距離《きょり》が開いていた。どうやら彼は自分たちが止まるよりも先に立ち止まっていたらしい。

「だが、安心しろ。悪魔《あくま》の許から二度も連れ出そうなんてさすがの僕も思っていない。そもそも僕はけじめをつけたかっただけなのに、あなたが頑《かたく》なに踊《おど》らせてくれないから強引《ごういん》な手を取るしかなかったんだ。そこは謝らないからな」

「え、ちょっと待って。じゃあさっきの叔母様《おばさま》は……」

もしかして、テオドールの作戦だったのか。

そう意外に思ったが。

「いや、あれは母上の機転だと思う。僕も驚《おどろ》いたんだけど」

「そうだろうね。おかげで私は公爵《こうしゃく》夫人に説教されたよ。そのあとは延々と質問攻《しつもんぜ》めだ。あの陽気すぎる感じは、さすがあなたの母親だね」

「そうだろう！　母上はいつまでも若々しいからな。シャンゼルの国王も褒《ほ》めていたと伝えておこう。きっと喜ぶ」

「この微妙《びみょう》に嚙《か》み合わないところも変わってないのか……」

どこかうんざりとした声でウィリアムがこぼした。もちろん本人の耳には届かなかったようだが。

「じゃ、僕は他に挨拶《あいさつ》があるから、ここで失礼するよ。今日はありがとう、フェリシア。楽しかったよ」

爽《さわ》やかにこの場を去ろうとしたテオドールだが、「待った」とウィリアムが怖《こわ》いくらい満面の笑《え》みで肩《かた》を摑《つか》んだ。

「誰がフェリシアと踊らせてタダで帰すと言ったんだい？　一人だけすっきりした顔で帰れると思わないでくれる？」

「いたっ。ちょ、肩！　指が食い込んでるが!?」

ちら、とウィリアムの瞳《ひとみ》がこちらを窺《うかが》ってくる。

どうしたのか問うように小首を傾《かし》げれば、彼は空いた手でフェリシアの頬《ほほ》に触《ふ》れた。そのまま親指の腹で目元を拭《ぬぐ》うように撫《な》でられて、彼は一瞬《いっしゅん》だけ何かを考えるように動きを止める。

「ウィル？　どうしました？」

「いや……気のせいか」

「気のせいって？」

「もしかしてだけど、この天然すぎてたまにイラッとくる従兄殿《いとこどの》に何か言われたのかと思って。もしくは、された？」

内心でぎくりと心臓を跳《は》ねさせた。どういう意味だとテオドールは憤慨《ふんがい》しているが、フェリシアはそれどころではない。

「どうしてそう思いますの？」

「なんとなくだけど、フェリシアの元気がないような気がして」

ウィリアムが心配そうに瞳を揺《ゆ》らす。

まさかそんな指摘《してき》を受けると思っていなかったフェリシアは、なんと答えればいいのか悩《なや》んだ。

だって、最後はちゃんと笑えたし、テオドールの告白にフェリシアのほうが傷ついたというのも違《ちが》う。

それでも元気かと訊《き》かれれば、決して元気だとは答えられない。

(想《おも》いを告白するのも大変だけど、それを断るのも、罪悪感で苦しいことを知ったから)

けれど。

「大丈夫ですわ。ウィルのおかげで、元気になりましたから」

やっぱりフェリシアはウィリアムが好きで、どうしたって他《ほか》の想いを受け入れることはできないのだ。

「元気になったって……それってやっぱり何かされたってこと？」

「されてませんけど、ウィルの手に癒《い》やされたってことです」

温かくて大きな彼の手は、いつもフェリシアに勇気と安堵《あんど》をもたらしてくれる。

それに、彼がフェリシア自身も気づかない自分の変化に気づいてくれたことが、何よりも嬉しかったから。

「よくわからないけど、フェリシアに元気をあげられたなら、私の手も捨てたものじゃないってことだね」

なんですかそれ、と吐息《といき》で笑う。つられてか、ウィリアムも頰を緩《ゆる》めた。

ああ好きだなと、こういうときによく思う。

そのとき「オホンッ」とテオドールが咳払《せきばら》いして、フェリシアは我に返った。すっかり周囲を忘れて二人だけの世界に浸《ひた》ってしまっていたけれど、ここはパーティー会場だ。

テオドールに批難するような目を向けるウィリアムを制しながら、話題を元に戻《もど》す。

「ごめんなさい、リンデン卿《きょう》。引き止めたのはこちらなのに」

「いいんだよ、フェリシア。それに、引き止めたのはそっちの悪魔だしね。で、僕になんの用だ」

「さっき邪魔《じゃま》したお詫《わ》びにと、公爵夫人が一つお願いを聞いてくれることになってね」

「は？　母上が？」

「だからこうお願いした。『ではあなたの息子《むすこ》に、次はサラ殿《どの》と踊るよう手配していただけますか』と」

「サラ殿？　僕の知り合いにサラなんて名前は――いや、その名前、聞き覚えが……」

「あそこで義兄上《あにうえ》のパートナーを務めている女性のことだ」

「待て待て待て！　無理だ。陛下の婚約者《こんやくしゃ》かもしれない女性だろう。僕が殺されるっ。言っておくが陛下本人からだけじゃないぞ。ずっと婚約者を断り続けてた陛下が、ついにその気になったんだ。これを待ち望んでいた穏健《おんけん》派の大臣たちの恨《うら》みが怖い。無理だ、勘弁《かんべん》してくれっ」

「そんなことは知らないよ。私のフェリシアと踊った罪は、それほど重いと実感してくるといい。あと、このままフェリシアの感触《かんしょく》を残して帰らせるわけがないだろう？」

「なっ、なんて悪魔なんだ……！」

「今さらだよ」

ついと、ウィリアムが視線を移した先を辿《たど》れば、サラと何か話していたらしい公爵夫人がちょうどこちらを振《ふ》り向いた。

アイゼンは他の客と歓談《かんだん》中のようで、フェリシアたちの方を見向きもしない。

「ほら、出番だ」

彫刻《ちょうこく》のように固まった笑みで、ウィリアムはテオドールを送り出す。

ほらほら、と背中を押して強引にサラの許《もと》へ行くよう仕向ける最中、ウィリアムがテオドールの耳元で何かを囁《ささや》いた。

テオドールが目をぎょっとさせたところはフェリシアにも見えたけれど、ウィリアムが何を言ったかまでは聞き取れない。

「リンデン卿に何をお願いしましたの？」

渋々《しぶしぶ》サラにダンスを申し込んでいるテオドールを眺《なが》めながら、フェリシアはそっと訊《たず》ねた。

「わかるの？　私が何かをお願いしたって」

「妻の勘《かん》ですわ」

「へぇ。なんかいいね、その勘。私にだけ働く勘で、特別みたいだ」

「あら。でも浮気《うわき》も見破っちゃうかもしれませんわよ？」

わざと自分に聞かせなかったウィリアムへ、ちょっとした意趣返《いしゅがえ》しをしてみる。

けれど、残念ながら彼には効かなかったようだ。

「浮気なんて絶対にしないって言い切れるけど、フェリシアが安心するなら、その勘もいいね」

むぅと唇《くちびる》を尖《とが》らせる。意地悪のし甲斐《がい》がない夫だ。

このまま話を逸《そ》らされるとそれこそ彼の思いどおりなので、フェリシアは「それで？」とウィリアムの横にピタッと並んだ。

「うーん。逃《に》がしてくれる気はない？」

ありません、と彼の腕《うで》をぎゅっと摑んで、しばし攻防《こうぼう》が続いたのは言うまでもない。

幕間　噂の二人

あれは傑作《けっさく》だったな、とアイゼンは今日の建国記念パーティーでの出来事を思い出して内心で笑っていた。

いつもならパーティーのあとは自室に戻ってゆっくりするところだが、今夜は訳あってサロンにいる。

窮屈《きゅうくつ》な盛装を少しだけ崩《くず》して、座面の深い椅子《いす》に背中を預けた。

カラン、と手に持っていたグラスの中の氷が鳴る。パーティーで飲めなかったぶん、中のウイスキーの減りは早い。

その琥珀色《こはくいろ》の液体に映る一人の少女──シャンゼルから呼び寄せたサラという名の聖女──が、不思議そうにこちらを見つめていた。

「どうした?」

「いえ、なんだかアイゼンさん、楽しそうだなと思いまして」

「ほう?」

これは意外だと、少しだけ目を丸くする。よく仏頂面《ぶっちょうづら》と言われ、何を考えているかわからないと陰口《かげぐち》を叩《たた》かれることの多い自分を指《さ》して、よもや「楽しそう」だと見破るなんて。

「聖女は他人の心に寄り添《そ》うことも仕事だと聞いた。そなたは見かけによらないな」

サラが頭上に疑《ぎ》問《もん》符《ふ》を浮《う》かべる。今の言葉が褒《ほ》められたものなのかそうでないのか、判断に迷っているのだろう。

アイゼンからすれば、ただの少女にしか見えない存在。

けれど、彼女は異世界から来たという。ようは別の世界の人間らしい。

とても信じられないが、訳あってサラとの仲を良好に見せておかなければならないアイゼンは、こうして彼女と長い時間を過ごすに当たって話題の一つとして彼女の世界について色々聞いたのだ。

そして驚《おどろ》かされた。彼女の話す〝異世界〟は、単なる妄想《もうそう》では片付けられないほどしっかりとした世界だったから。いや、人の想像力だけで築ける世界観ではなかったと言ったほうが正しいか。

「そうだな。そなたの言うとおり、気分がいい。あの口うるさい元宰相《さいしょう》が、愚妹《ぐまい》にこてんぱんにやられたのだから」

「元宰相って……フェリシアさんたちが最初に話してた人のことですよね？　そういえば、どうしてあのとき会場に入らずに扉《とびら》の陰《かげ》から見てたんですか？」

「ああ、それは……」

グラスを持つ手を下ろしたとき、また涼《すず》やかな音が耳の遠くで鳴る。

――カラン。

意識はすでに遠い日に向いていた。まだフェリシアが離宮《りきゅう》で暮らしていた頃《ころ》に。

あの頃は、ブリジットをいたずらに刺激《しげき》しないようフェリシアと距離《きょり》を置いていた。同じ理由から、貴族たちのフェリシアへの無礼を見聞きしても、表立って何かをすることはなかった。

「あの男は父の右腕《みぎうで》だったが、だからこそ、父を堕落《だらく》させた女性の娘《むすめ》を嫌《きら》っていた」

「それがフェリシアさん……ってことですか？」

「そうだ。あの頃見逃《みのが》した分を、返してやろうと思ってな」

反論も、蹂躙《じゅうりん》も、その地位を奪《うば》うことも、アイゼンはやろうと思えばできただろう。

しかし、それでは意味がない。やるのは自分ではない。それでは相手に反駁《はんばく》の余地を与《あた》えてしまう。所詮虎《しょせんとら》の威《い》を借る狐《きつね》だと思われてしまう。そんなのは癪《しゃく》だった。

だから――。

「ふっ。そなたも見ただろう？　あの情けない顔。じゃじゃ馬の本領に返す言葉も見つけられない姿は愉快《ゆかい》でたまらなかった」

あの顔を思い出しながら飲む酒は、思った以上に美味だった。

公爵《こうしゃく》だけではない。当時フェリシアを侮《あなど》っていた者たちが一様に警戒心《けいかいしん》を剝《む》き出しにした瞬間《しゅんかん》は、まるで心が晴れるようだった。

残りの酒を一気に呷《あお》る。

「サラ。そなたの協力には感謝する。おかげで色々と順調だ」

「いえ、そんなっ。私は私のやれることをやっているだけですから」

「謙虚《けんきょ》だな。異世界から来たからそうなのか、それともそなたの元の性質がそうさせるのか。どちらでもよいが、久々にストレスなく女性と話せる」

王でありながらいまだに独身のアイゼンの許には、我の強い女性からのアプローチが後を絶たない。

そんなアイゼンにとって、サラのような慎《つつ》ましい女性は新鮮《しんせん》だった。

「この礼は必ずしよう。——ああ、そういえば。そなたが最初に連れてきた騎士《きし》……あれがそなたの恋人《こいびと》なのだろう？」

「え!? なんでわかったんですかっ？ 私、アイゼンさんに教えましたっけ？」

「パーティーでやたらと睨《にら》まれたからな。あれはただの騎士が主人に向けるような目ではなかった。あんなに妬《ねた》ましい視線はウィリアム殿《どの》からも受けたことはないぞ」

「あ、えっと、そうなんですね」

かわいそうなほど顔を熟《う》れさせるサラに、アイゼンはなるほどと呟《つぶや》いた。

ウィリアムはフェリシアとアイゼンが異母兄妹《きょうだい》だと知っているから、嫉妬《しっと》はしても本当に奪われるとは思っていない。そんな余裕《よゆう》がある。

けれど、今日のあの男の視線に余裕なんてものは微塵《みじん》もなかった。

（聖女に懇意《こんい》にしている騎士がいることは最初から知っていた。それもあって目星はつけやすかったが……）

どいつもこいつも嫉妬深そうで面倒《めんどう》だな、と内心でため息をつく。

「ちなみに、あの男との結婚《けっこん》は考えているのか？」

「け、結婚⁉　ですか⁉」

「恋人なのだろう？　なら行き着く先は結婚だ。だが、自分の世界はどうする？」

興味本位で訊ねてみれば、サラの顔が少しだけ曇《くも》る。

彼女にも酒の代わりに温かい紅茶を淹《い》れているが、それを拠《よ》り所にするように彼女がカップを両手で持ち上げた。

「……そうですね。帰りたい気持ちはありますけど、本当は帰るつもりなんてないんだと思います。フレデリクと離《はな》れるほうが嫌というか、寂《さび》しいので」

「男のために残る選択《せんたく》をするわけか。まあ、あの睨んできた男なら、そなたが帰る選択をしても引き止めそうだからいいんじゃないか」

軽い気持ちでそう口にすれば、先ほどの自分みたいに紅茶を一気に呷った彼女が、そのあとドンとテーブルにカップを置いた。

おかしい。紅茶にアルコールは含《ふく》まれていないはずなのに、彼女の目が途端《とたん》に据《す》わっている。

「それが聞いてください！　全然引き止められないんです！　むしろいつか戻《もど》りますよねみたいな雰囲気《ふんいき》を出されるんですよ？　どう思います⁉」

さっきの慎ましい彼女はどこへやら。

そこから始まった愚痴《ぐち》という名の惚気《のろけ》には、この時間をもう少し続けなければならないアイゼンでもさすがに解散したくなった。

ただ、思う。

(これは使えそうだな)

別に悪巧《わるだく》みを企《たくら》んでいるわけではない。

これに関してだけは断言できる。

アイゼンがサラを呼んだのは、トルニアで偶然《ぐうぜん》再会した妹夫婦から聞き出した『瘴気《しょうき》』や『魔物《まもの》』といった未知なる存在への対処のためで、そこには様々な企みを潜《ひそ》ませている。

その企みは今のところ順調で、これからが正念場だ。

けれど、ある意味この作戦の一番の被害者《ひがいしゃ》である彼女には、何かしらフォローしようとは考えていたのだ。

それに『使えそう』だと思った。

どんどんヒートアップしていくサラの話を半分聞き流しながら、さてどうしようかとアイゼンは愉《たの》しげに目を細めたのだった。

第三章✽お兄様、腹の探り合いをしましょう

建国記念パーティーから一夜明け、王都の宿泊施設《しゅくはくしせつ》に泊《と》まっていたフェリシアたちは、優雅《ゆうが》にお茶を楽しんで——いるはずもなく。

一連のストレスで自我を失いかけているのか、フレデリクが完徹《かんてつ》したような悲惨《ひさん》な目つきでテオドールを睨んでいた。

場所は王都の貴族御用達《ごようたし》のレストラン。ここを予約したのがテオドールで、今日この機会を設けるよう〝お願い〟したのがウィリアムだ。

といっても、そのお願いはついでのようなもので、本命は別にあるという。

その本命について聞く前に、フレデリクがテオドールを問い詰《つ》め始めた。

「貴殿《きでん》は確か、昨夜サラ様とダンスを踊《おど》った方とお見受けする」

「それはそうだが……なんでそんな怖《こわ》い顔で睨んでくるんだ？　パーティーで女性と踊るのは社交の一環《いっかん》だろうっ？」

テオドールはとても正しいことを言っているのに、今この場における最適解でないことだけは明々白々だ。

テオドールは個室を用意してくれていたが、それがある意味仇《あだ》となっている。人の目を気にしなくていい状況《じょうきょう》は、フレデリクの枷《かせ》を簡単に外してしまった。

「なぜ貴殿がサラ様と……っ。俺は近づくこともできなかったのに！　まさか貴殿もサラ様を狙《ねら》って⁉」

「ないよ！　悪魔《あくま》といい、そこの騎士といい、いったいなんなんだ⁉　シャンゼルでは女性とダンスを踊ってはいけない法律でもあるのか⁉」

涙目《なみだめ》で叫《さけ》ぶテオドールがかわいそうに思えてくる。

もちろんそんな法律は一切《いっさい》存在しないのだが、ぼそっと突《つ》っ込んだゲイル曰《いわ》く「相手が悪い」ということらしい。自分の夫もその一人であるため、フェリシアは苦笑《くしょう》するしかない。

（それにしても、まさかフレデリク様がここまで禁断症状《しょうじょう》を出すなんて。本当にサラ様のことが好きなのね。なのに肝心《かんじん》なことを言えてないのは……優《やさ》しすぎるから）

彼はサラが元の世界を恋《こい》しがって戻りたいと願う可能性を考えている。

いや、戻りたいと願ったとき、自分がその足枷《あしかせ》にならないようにと考えている。

これぱかりは二人の問題で、フェリシアには口を挟《はさ》めない。

それに、彼の考えも全く共感できないわけではないのだ。好きな人に幸せになってもらいたいと思う気持ちは、フェリシアにもよく理解できる。

一方で、想《おも》いの強さで何事もうまくいくほど、世の中が甘くないのも事実だった。

「フレデリク、いい加減落ち着け。いいのかい？　このまま何もせず時間が過ぎ、サラを奪《うば》われても」

ウィリアムに痛いところを指摘《してき》されて、途端に叱《しか》られた犬のようにフレデリクが肩《かた》を落とした。情緒《じょうちょ》不安定とはまさにこのことだ。

中央の大きなテーブルに並ぶ肉料理は、誰《だれ》にも手をつけられず刻一刻と冷めていっている。

「ちなみに、彼にサラと踊るよう頼《たの》んだのは私だよ」

そう言ったウィリアムにフレデリクが食いかかる前に、「理由は」と彼が続けた。

「おまえもそうだったみたいだけど、義兄上《あにうえ》が私たちシャンゼル側の人間をサラに近づけさせないようにしていたからね。何か手を打たないとサラに接触《せっしょく》することもできなかったんだから仕方ないだろう？」

「そうでしたか……」とフレデリクが安堵《あんど》したように息を吐《は》く。テオドールが本当にサラを狙っていたわけではないとわかり、落ち着いたようだ。

それで、とウィリアムはテオドールに視線を移した。

「無事にサラと接触できた従兄殿《いとこどの》に、確認《かくにん》しても？」

「ああ、いいぞ。ちゃんと前もってもらっていた質問の答えも聞いてきたからな」

「質問？」

　復唱したのはフェリシアだが、この場にいるウィリアムとテオドール以外の全員が首を捻《ひね》った。

「『サラがパーティーに参加している理由』と『義兄上の思惑《おもわく》について知っているか』。この二つについて探《さぐ》ってほしいと頼まれたんだ」

「で、サラの回答は？」

「パーティーに参加している理由は、『用事の口実だったみたいで』と言っていた」

「口実？　なんの」

「さあ？」

「そこを突っ込んで訊《き》かなかったのかい」

「いや、『そうなのか』で終わったな」

　ウィリアムが口角をひくつかせた。もうこの時点で彼の心中は推《お》して知るべしだろう。

「では、義兄上の思惑については？」

「さりげなく訊いてみたら、さりげなさすぎたのか『えっと、つまり？』と戸惑《とまど》いながら訊《たず》ね返された。僕も質問の意図をわかっていなかったし、近くに陛下がいる状況で率直《そっちょく》に訊くこともできなかったから、互《たが》いに首を傾《かし》げて終わった。これでいいか？」

　テオドールが堂々と成果を披露《ひろう》すると、ウィリアムが片手で額を押さえる。

そしてぽそっと。

「なんて使えない……」

「おいっ、聞こえているぞ！　使えないって言ったか⁉　人に頼んでおいて⁉」

「あなたはそれでも外交官か？　役に立つ情報が何一つない」

「逆だ。外交官だから、僕は引き際《ぎわ》を弁《わきま》えている」

その言葉の真意を探ろうと目を眇《すが》めたウィリアムに、テオドールが続けた。

「陛下の視線がまるで監視《かんし》者のようだった。あの場でしつこく訊けば誰の差し金でやってきたかすぐにバレたぞ。そもそも、これは僕の勘《かん》だが、彼女は答えを持っていないんじゃないかと思う」

ウィリアムが「へぇ」と顎《あご》に手を持っていく。そこには意外そうな響《ひび》きがあった。一応テオドールなりに考えて動いた結果だということを知って驚《おどろ》いたようだ。

「ちゃんと成長していたのか」

「本当に失礼だな、あなたは……っ」

仕方ないだろう、とテオドールが付け加える。

「フェリシアに振《ふ》られて帰国した僕に、家族が容赦《ようしゃ》なかったんだ。いや、今思えば面白《おもしろ》がっていたんだろうが、家の跡《あと》取りとしての教育と引き継《つ》ぎが本格的に始まって……」

そのときのことを思い出したのか、テオドールがげんなりと肩を落とした。

なるほど。だからこれまでのテオドールでは考えられないような言動がちらほらと見受けられたというわけだ。

確かにあの純真無垢《むく》なまま公爵《こうしやく》家を継げば、よからぬ者に利用されてしまいそうで心配ではあった。

あのテオドールが目に見えて変わったところを見ると、公爵――いや、おそらく公爵夫人の教育は相当厳しかったのだろうと見当がつく。

「まあいい。初めて使う駒《こま》にはそこまで期待しないのが私のやり方だからね。サラが何も知らないということを知れただけで十分だ」

「おい、今駒って言ったか？　怒《いか》りを通り越《こ》して恐怖《きょうふ》を覚えるぞ。もしかして怒《おこ》ってるのか？」

狼狽《うろた》えるテオドールに対するウィリアムの瞳《ひとみ》は冷え冷えとしていた。もちろん顔は微笑《ほほえ》みの形を作ってはいたけれど。

彼がこうなるのには理由がある。実は昨夜のパーティーのあと、帰りの馬車の中でフェリシアはテオドールと踊ったときのことを問い詰められたのだ。途中《とちゅう》から「尋問《じんもん》かしら これ」と思ったほどには詳細《しょうさい》に訊ねられたのだが、告白はちゃんと断ったと伝えたし、そもそもテオドールは過去形だったということも伝えている。

ひと通り話して以降はウィリアムも特に何も言わなかったので、この件はそこで終わっいためだ。

たものと思っていたのだけれど。

（実は根に持ってたのね……）

内心でテオドールに謝った。口にしないのは、この状態のウィリアムを余計に刺激《しげき》しないためだ。

「じゃあフレデリク、次はおまえの番だ。報告しろ」

テオドールがショックを受けたような反応をする。やっぱり怒ってるじゃないかという彼の抗議《こうぎ》を無視して、ウィリアムは戸惑うフレデリクを再度促《うなが》した。

テオドールに申し訳なさそうな視線をちらちらとやりながら、フレデリクが命令に従う。

「先ほどは取り乱してしまい、申し訳ありませんでした。報告します。陛下から受けていた任務は次のとおりです。グランカルストが抱《かか》える不法出入国者及《およ》び獣害《じゅうがい》増加に係る捜査《そうさ》状況《じょうきょう》について探りを入れること」

は？　とテオドールが目玉を落としそうなほど仰天《ぎょうてん》した。

「いずれも捜査中であり、まだなんとも言えない状況ではあるものの、不法出入国に関しては状況証拠《しょうこ》から貴族が一枚噛《か》んでいる可能性が高いということでした。ただ、その犯人の目星はグランカルスト側もまだ付けられていないようです」

「へぇ？　どこの国もそうだけど、規模の大きい犯罪の陰《かげ》にはやはりそれなりに大きい後ろ盾《だて》が付きものってわけか。――わかったかい、従兄殿。成果を称《たた》えてほしいならこれくらいの情報は持ってきてくれないと」

「いや、そんなことよりちょっと待て。どういうことだ、それは」

フェリシアもテオドールに同意する。なぜフレデリクがそんな任務を受けていて、いつのまにそんな情報を集めていたのか。

「いいことを教えよう、従兄殿。世の中お金が全てではない。特に私はフェリシアという愛し愛してくれる存在がいるからこそ、その力の偉大《いだい》さは身に沁《し》みて知っている。――でもね、世の中、お金が全《すべ》てだと言い張る人間が一定数いることも確かなんだよ」

このとき、うっそりと口元に弧《こ》を描《えが》いたウィリアムに背筋をぞっとさせたのは、フェリシアだけではないはずだ。テオドールは顔色が悪くなっていた。ゲイルに至ってはドン引きしていたし、フレデリクも若干《じゃっかん》引いていた。おそらくお金が大好きなライラだけが表情を変えずに同意していたと思う。

「おい、それってまさか、買しゅ――」

「今私たちは義兄上を相手に闘《たたか》っているんだよ？　生温《なまぬる》いことを言わないでくれるかい」

「勝手に僕をそちら側に入れないでくれるか!?　僕はグランカルストの人間なんだが!?」

「今さら何を。もう遅《おそ》いよ。この話を聞いた時点で共犯者だ」

「本当に悪魔《あくま》だな⁉」

フェリシアもそう思う。我が夫ながら敵にしたくない人ナンバーワンだ。

テオドールが喚《わめ》いている間にウィリアムへそっと近寄ったゲイルが、彼に何かを渡《わた》していたのが視界に映る。紙だ。ウィリアムはその内容を読んだのか、少しの間紙面に視線を落としたあと、ゲイルに紙を返していた。

「フレデリク様」

そのままウィリアムがゲイルと話をしている間に、フェリシアは少し離《はな》れた位置に立っていたフレデリクを自分の許《もと》へ呼ぶ。

「どうしました、妃殿下《ひでんか》」

「さっきの報告、いつのまに情報を集めていたんですか？」

「建国記念パーティーです」

「えっ、あのときに？　でもあのときは……」

「ええ、サラ様を無理やりにでも連れ戻《もど》したい気持ちはありましたが、そんなことをしてもサラ様に迷惑《めいわく》をかけてしまうだけですので。陛下の言うとおり動いたほうが結果的に近道になるというのはこれまでの経験で信頼《しんらい》しています」

「そうだったんですね」

「ですが、自分もあの情報がどう使われるのかは知らされていないので、陛下のお考えはわかりかねます」

フェリシアがまさにそれを探《さぐ》ろうとしていたことを先読みされて、「そうですか」と肩《かた》を落とした。

そのときちょうどウィリアムとゲイルの話も終わったようで、彼の真意を解明する鍵《かぎ》を握《にぎ》っているのは、たぶんゲイルだろうと当たりをつける。

誰《だれ》もがウィリアムの次の言葉を待った。

「義兄上《あにうえ》が何を考えているのか、なんとなくわかってきたよ。ただ現場を見て、確信が欲しい。フレデリクはグランカルストに着いたとき、サラと現場に同行したと言っていたね？」

「はい。ですが、自分はサラ様や陛下ほど感知する力が強くはないので、時間が経《た》ってしまったものは視《み》えません。現に護衛として同行したときは何も視ていません」

「でも、同行したなら場所は覚えているな？」

ハッとしたフレデリクが力強く首肯《しゅこう》した。

「それでウィル、お兄様は何をしようとしてるんです？」

「おそらくフレデリクに頼《たの》んだ〝問題〟が関係していると踏《ふ》んでいる。トルニアで魔物《まもの》の話をしたあとに聖女《サラ》を呼んでいるから、十中八九そうだろうね。でなければ、あの義兄上が今まで接点のなかったサラをこのタイミングで呼ぶとは思えない」

そこでフェリシアは、最初にフレデリクが突撃《とつげき》してきた日に聞いた手紙の一文を思い出した。

――〝聖なる力が我が国にも巡《めぐ》ることを期待している〟

「手紙にあった聖なる力とは、聖女の持つ浄化《じょうか》能力のことだろう。グランカルストで起きている獣害が魔物の仕業《しわざ》かどうかは、トルニアにいた時点ではまだわからなかった。私たちの話を聞いて初めてその可能性が出たくらいだからね。だから義兄上は、不法出入国の事件とは違《ちが》ってなんの手がかりも出てこない獣害事件を、魔物の仕業かもしれないという前提に切り替《か》えて動き始めたんだと思う」

彼の考えに同意するように相槌《あいづち》を打つ。

「けど、これでサラを呼んだ理由は見当がついたとして、あのパーティーにサラをパートナーとして参加させた理由はまだわかっていない。結局噂《うわさ》のとおりサラが婚約者《こんやく》として紹《しょう》介《かい》されることもなかったからね。まあ、だからといって油断はできないけど。最悪なのは、聖女の力を自国のものにしようと欲《ほっ》して、婚約どころか結婚されるパターンだ」

斜《なな》め後ろから不穏《ふおん》な気配を感じとって視線を流せば、フレデリクが全身からメラメラと炎《ほのお》を上げていた。

「それはこちらとしても困る。フレデリクのことを措《お》いてもね。というわけで、先回りしたい」

フェリシアとゲイル、テオドールの声が重なる。

「「「先回り？」」」

「ようはさっさと問題が解決できればいいわけだろう？　まさかあの情報共有で聖女を奪《うば》われそうになるとは私も思わなかったからね。他国の問題だからといって、静観するのはやめよう」

ウィリアムは、まず魔物の仕業である可能性が高い獣害について重点的に調べようと提案した。

それがサラの奪還《だっかん》に繋《つな》がるならと、フレデリクはいち早く賛成する。

ゲイルとライラは主人の命令に従うだけだと頭《こうべ》を垂れ、テオドールも自国の問題とあっては協力を惜《お》しまないと言う。

「もちろん私も手伝いますわ！　それで、どう動きます？」

やる気に満ち満ちた返事をしたら、ウィリアムがにっこりと笑う。まるで待ってましたと言わんばかりの輝《かがや》かしさだ。

「じゃあフェリシアには、義兄上の相手をしてもらおうかな」

「……はい？」

なんでそうなるの？　と目を点にした。

昨日、あのレストランでウィリアムは、アイゼンが協力要請《ようせい》をしてこない時点で、自分たちの作戦を知られるわけにはいかないと口にした。

なぜなら、あのアイゼンが理由もなくそうしないなんてありえないと思われたからだ。自身のプライドを優先して選択《せんたく》を見誤るような幼稚《ようち》な人ではない。

ということは、そこには必ず何か理由があるはずだ。

それを解明できていない状況でこちらの手の内を明かすのは尚早《しょうそう》だという判断をウィリアムは下したようだ。

冷め切った料理を口に運びながら、みんなで作戦に関する意見を出し合う。

料理を食べきる頃《ころ》には作戦も固まり、フェリシアは時間稼《かせ》ぎ係に任命されたのだが、つまるところ、アイゼンにこちらの動きを悟《さと》られないよう攪乱《かくらん》するのがフェリシアの役目ということになった。

そうしてアイゼンより先に問題を解決し、その成果と引き換《か》えに穏便《おんびん》に聖女を返してもらうというのが作戦の概要《がいよう》である。

それくらいはしないと、難癖《なんくせ》をつけてサラを手放さない可能性があるとウィリアムは見ているらしい。フェリシアも全く同意見だ。

このままでは本当にサラが婚約させられてしまう――いや、させられてしまう可能性が少しでもあるなら、やはりアイゼンの裏をかくべく隠密《おんみつ》に動き、交渉《こうしょう》の材料を準備する必要があるだろう。

ウィリアム曰《いわ》く、フェリシアが動けば、アイゼンはフェリシアを無視できないということだった。

(まあ、嫁《とつ》いだとはいえ、元王女だもの。それはそうよね)

さっそく行動を起こしたフェリシアは、現在、侍女《じじょ》のジェシカを伴《ともな》って王宮の応接室にいる。そこはドーム状の高い天井《てんじょう》で、白壁《しらかべ》には金色のつる草が一面に描《えが》かれている。なんとも格式高そうな部屋だった。

ちなみに、一昨日《おととい》のパーティーのことはすでに王宮中に知れ渡っているのか、兄を訪ねてきたと言ったフェリシアを王宮の門番たちが門前払《もんぜんばら》いすることはなかった。

彼らはすぐに上司へ確認《かくにん》しに行くと、色々すったもんだの末、早い段階で兄の補佐《ほさ》官を務めているという男を連れてきてくれた。

おかげで寒空の下無駄《むだ》に待たされることもなく、暖炉《だんろ》によって暖まった部屋で優雅《ゆうが》に待ちぼうけを食《く》らっている。

(いや、優雅に待ちぼうけって何よ)

早い話が、兄にかれこれ三十分以上は待たされていた。

待っている間にどうぞと饗《きょう》されたクッキーと紅茶をジェシカと一緒《いっしょ》に嗜《たしな》みながら、そろそろ暇《ひま》になってきたフェリシアだ。

「お兄様はまだかしらねー。待たずにこちらから出向くのじゃだめかしら」

「フェリシア様、さすがにそれは……」

「でもこんなに女性を待たせるんだもの。やっぱりあのお兄様に婚約なんて無理よ。きっと女性《あいて》を怒《おこ》らせて振《ふ》られるに違いない――」

と、そのとき。

「誰が怒らせて振られるだと？　それはそなたのほうだろう、フェリシア」

「お兄様！」

やっと来たと、椅子《いす》から立ち上がる。ジェシカも慌《あわ》ててフェリシアの後ろに控《ひか》え直した。

これでも相手は大国の王だ。ドレスの裾《すそ》を摘《つ》まんで挨拶《あいさつ》をしようとしたら、それより早く「前置きはいい」と制止されてしまう。

ドカッと、先ほどまでジェシカが座っていた場所――フェリシアの向かい側にあるソファ――にアイゼンが腰《こし》を下ろした。

執務《しつむ》中だったのか、首元まで締《し》めていたシャツのボタンを少し開けて、兄は面倒《めんどう》そうに

「用件は」と訊《たず》ねてきた。

「あら。妹が兄を訪ねるのに理由が必要ですか？」

「理由がなければそなたが来るわけがない」

それもそうねと、これまでの自分と兄の関係を思えばその返事も納得《なっとく》できる。

自分たちは決して仲の良い兄妹《きょうだい》ではない。気軽に互《たが》いを訪ね合う仲になることは、これまでもこれからもきっとないだろう。

ただ昔と違って、フェリシアが自分から訪ねるほどには関係も回復したと思っている。

(昔はお兄様に呼び出されない限り、近寄りもしなかったから)

それに、兄だってなんだかんだフェリシアを無視せずに会いに来てくれた。もしかして、ウィリアムの言っていた「フェリシアを無視できない」という言葉は、このことを言っていたのだろうか。

元王女という肩書《かたが》きではなく、妹だから無視できないと。

それならいいなと思って、でもそう思った自分がなんだか気恥《きは》ずかしくて、湧《わ》いてきた感情を振り払《はら》うように頭をひと振りする。

「用件と言いますか、ちょっと確認したいことがありまして」

「確認？」

「ええ。私、知りませんでしたわ。お兄様がサラ様をお好きだったなんて」

フェリシアの目的は、時間稼ぎという名の『兄の意識を自分に向けること』なので、あえて訪問理由を明確には告げない。「はい」か「いいえ」で終わってしまうような会話の仕方では時間なんて稼げないからだ。

それに、これなら兄の気も引けて、なぜフェリシアがここに来たのか探《さぐ》ろうと向こうからも会話をしてくれるだろう。

（その間、お兄様の意識がウィルたちに向くことはないわ）

「ふん。別に余が誰《だれ》を好いてもそなたに関係なかろう？　そもそも、必ずしも余が恋愛結《れんあいけっ》婚《こん》をするとは限らない」

「ええ。お兄様が恋愛結婚なさるところなんて、想像もできません」

「おい、どういう意味だ」

じっとりと責めるような目で見つめられるので、フェリシアはなんだか楽しくなってきてしまった。

よく考えれば、自分は今、あの兄と恋《こい》バナをしている。こんな機会は滅多《めった》にない。むしろあったことが奇跡《きせき》に思える。

「だってお兄様って、仕事をしているイメージしかないんですもの。女性の好みとかありますの？」

そう質問した途端《とたん》あからさまに嫌《いや》な顔をするので、思わず吹《ふ》き出してしまった。

この反応を見るに、おそらくいまだに婚約者《こんやく》がいないことを自国でも散々突《つつ》かれているのだろう。

あの夜のパーティーでは、それなりに女性の人気を集めていたように思うのに。

(今回のサラ様の件は別としても、なんで今まで婚約者もいなかったのかしら)

ふと疑問に思う。それこそ周囲は口を酸《す》っぱくしてアイゼンに結婚を迫《せま》っただろう。見なくてもその場面が容易に想像できるくらい、大国の王というのは独身よりも既婚《きこん》であることを望まれるはずだ。

いや、大国であることは関係ない。国の重要な役職に就《つ》く者は、やはり既婚者であることが望まれる。

理由は主に二つ。

一つは、後継者《こうけいしゃ》を残すため。

もう一つは、人脈を広げるため。

結婚することが当たり前のこの世界では、ずっと独身では臆測《おくそく》だけの変な噂《うわさ》が立ち、あらぬ疑いをかけられる。

つまり、信頼《しんらい》を得るには結婚していたほうが何かと便利なのだ。

この兄のことだ。恋愛して、というよりも、そうやって損得を勘定《かんじょう》した結果で結婚していてもなんら不思議ではない。

なのにあえてしていないということは、何か理由があるのだろうか。

「お兄様って、どうして結婚なさらないの？」

考えても答えがぱっと浮《う》かばなかったので、ストレートに投げてみた。

すると、兄の後ろに控えていた騎士《きし》のほうがぎょっとしている。

きっと誰もが疑問に思って、誰もが訊ねられなかった質問なのだろう。それもそうだ。王に気安くそんなことを訊《き》ける人間は限られている。

フェリシアだって、兄との関係が昔のままだったら話題にすらしていなかった。

これは好奇心《こうきしん》だ。

けれど、心配もある。

「お兄様は余計なお世話って思うかもしれませんけど、女性ってほら、たまにすごく強いですし。貴族だってうるさそうですし。その、それで反感とか、あるかもしれないでしょう？」

王ともなれば、後継者問題はどうしても浮上《ふじょう》する。

結婚を巡《めぐ》って流血の絶えない争いが繰《く》り広げられた国だってある。

後継者の座を勝ち取ろうと骨肉の争いだって起こる時代だ。

今はアイゼンが王として君臨していても、その座がいつ他《ほか》の誰かに取って代わられるとも知れないのだ。

そしてそのときは、高い確率で血が流れる。

顔を合わせるたびに嫌みを吐《は》いてきて、素直《すなお》じゃなくて、決して優《やさ》しくはない兄だけれど。

その身が真っ赤に染まるところは見たくない。

想像だけでも寒気がして、両腕《りょううで》をさするように組んだ。

「私だって勉強しましたわ。今の王家の直系男子はお兄様しかいませんけど、連なる者は何人かいますわよね？　中にはご結婚して、それなりに発言力を持つ方も。相手がサラ様というのは反対ですけど、でも……」

「フェリシア」

「でもいい加減、お兄様も結婚を――」

「フェリシア。顔を上げろ」

視界はいつのまにか自分の足を映していた。言われるまで気づかなかったけれど、今顔を上げるのはまずい。

らしくもなく最悪の想像をしてしまったせいで、間違《まちが》いなく変な顔をしている。そしてこの兄なら、そんな自分を絶対に揶揄《からか》ってくる。

落ち着いたら顔を上げようと思っていたのに、顎下《あごした》に差し込まれる手が見えて、そのままくいっと上を向かせられた。

目の前に兄の仏頂面《ぶっちょうづら》が広がる。

その見慣れた表情が――ふっと、崩《くず》れた。

「なんて顔をしてる。それが兄に結婚《けっこん》してほしい顔か？」

これは案の定揶揄われたのだろうけれど、予想よりも柔《やわ》らかい反応に目を見開く。

でもソファに座り直した兄はすでに元の仏頂面に戻《もど》っていて、フェリシアは幻《まぼろし》を疑った。

足を組んで偉《えら》そうに――実際に偉いのだが――踏ん反り返る姿は、いつもの小憎《こにく》たらしい兄である。

「ふん、どいつもこいつも結婚結婚とうるさくて敵《かな》わん。だがまあ、あの聖女とパーティーに出てからは、その声も幾分《いくぶん》か減ったか」

「だっ、だめですわよ、お兄様。サラ様はだめです」

「なぜだ？　そなたも余が結婚しないことを心配しているのだろう？」

ニヤニヤと口角を上げる兄を見て、これは意地悪なときの笑《え》みだとすぐにわかった。さっきのとは違《ちが》う。

むしろ、さっきの笑みが珍《めずら》しい反応だった。

「心配なんてしてませんっ。ちょっと疑問に思っただけです」

「ほう？」

「あ、それともお兄様、もしかして実は心に決めた人がいるんじゃありません？　だから

頑《かたく》なに結婚しないとか！」

　これは揶揄ってきた反抗心《はんこう》からの思いつきだったが、その可能性もあるのかと自分で言って気がついた。

　まあどうせ「馬鹿《ばか》か。この恋愛脳め」みたいな文句でも飛んでくるのだろうなと思っていたら、意外にも兄の眼差《まなざ》しは真剣《しんけん》そのもので、フェリシアを馬鹿にしてくるときと雰囲《ふんい》気《き》が違う。

（これはまさか……まさかまさか、当たりを引いた、のかしら？）

　ふいっと兄が視線を逸《そ》らす。

「馬鹿か。誰もがそなたのように脳内がお花畑だと思うなよ」

「……ええ、そうですわね」

　やっぱり兄は兄だったようだ。うふふ、と怒《いか》りの微笑《ほほえ》みを返しておく。

「それで？　そなた、まさか本気でこんなことを訊くために来たわけではあるまいな？」

「だったらどうします？　サラ様との婚約を諦《あきら》めてくれるまでは通おうと思ってますわ」

「なに？」

「そもそも、聖女を婚約者にすればどうなるかくらい、お兄様なら見当がつきますわよね？　その辺、お兄様がちゃんと教えてくださるまで通いますから」

「ウィリアム殿《どの》の差し金か？　あの男、フェリシアを寄越《よこ》せば余がなんでも答えると思っ

ありませんか」

「何を言ってますの。お兄様が私にちゃんと答えてくれたことなんて、ほとんどないじゃありませんか」

　ぶすっと言い返す。

「陰《かげ》で守ってくださってたことも。お姉様のことも。ウィルとの婚約のことだって。それに、先日のパーティーに招待してくださったことも。私たちを招待しなければ、こんなふうに問い詰《つ》められることもありませんでしたわ。邪魔《じゃま》も入らず、お兄様の思惑《おもわく》どおり事が進んだかもしれません。それでも招待してくださったのは、なぜです？」

「ふん、理由などない」

「ほら、やっぱり答えてくださらない。お兄様は今も昔も結局そうやって内密にして、何も教えてくださってないじゃない」

　文句を吐き出しながらだんだんと腹が立ってきた。そうなのだ。たぶんそうなのだろうと思うことはあっても、それは兄から聞いた真実ではない。状況《じょうきょう》から導き出されたフェリシアの推測だ。

　それが間違っているとは思わないけれど、ここまできたらいっそのこと兄の口から聞いてみたい欲が出てきた。

「お兄様が抱《かか》えていたもの、この際全部吐いちゃいましょう。いい機会ですわよ」

「何がいい機会だ。酒でも呑《の》んだか？　酔《よ》っ払《ぱら》いの戯《ざ》れ言に付き合ってられるか」

「なんでそうなりますのっ。呑んでませんわよ！」

するとタイミング悪く――アイゼンにとってはタイミング良く――扉《とびら》がノックされ、アイゼンの許可を受けたあとに若そうな男が入室してくる。長い灰色の髪《かみ》をさらりと垂らして、如才《じょさい》ない笑顔で挨拶《あいさつ》をしてきた。

「ご歓談《かんだん》中恐《おそ》れ入ります。そろそろ休憩《きゅうけい》が終わる時間ですのでお迎《むか》えに参りました、陛下」

「ああ、わかっている」

初めて会う男性のはずなのに、フェリシアはなぜか見覚えがあるような気がした。実はどこかで会っているのか、もしくは誰《だれ》かに似ているのか。

(お兄様を呼びに来たってことは、補佐《ほさ》官とかかしら？　ならどこかで会っていてもおかしくないわね)

すっかり意識が兄から逸れていたフェリシアは、兄がその男と並び立ったときに我に返った。

「お兄様。また明日《あした》、この時間に伺《うかが》います。無視してくださっても構いませんわ」

その代わり、と付け足して。

「せっかくの里帰りですもの。私、羽を伸《の》ばすかもしれませんわね」

ぴたりと足を止めて振《ふ》り返ってきた兄の顔は、苦虫を噛《か》み潰《つぶ》したようだった。これなら無視されることはなさそうだと確信したフェリシアの読みどおり、アイゼンはこの日以降、フェリシアの相手をしてくれるようになる。

翌日は同じ応接室で。執務《しつむ》の休憩時間は把握《はあく》したので、その時間に重なるように訪問すれば、大して待つことなく兄が現れた。

昔は執務室で待つ兄をフェリシアが訪ねていたので、こうして兄が部屋に入ってくる様子を見るのはなんだか新鮮《しんせん》だ。

「そういえば私が祖国にいた頃《ころ》、私のことを監視《かんし》という名の護衛をしてくれていた騎士《きし》の方って、その中にいらっしゃいます？」

兄の護衛騎士は、常に兄に従うように共にいる。ふとその存在を思い出して質問してみれば、兄がこちらを睨《にら》みながら「いない」と答えた。当時の状況のせいとはいえ、勘違《かんちが》いしていたことを謝罪してお礼も言いたかったのに、残念ながら叶《かな》わない。

この日は特に成果もなく、宿へ帰ることになった。

その次は、同じ応接室に通されたあと、なぜか兄の侍従《じじゅう》にサロンへ案内された。

そしてなんと、そこにはサラもいた。まさかあの兄がサラに会わせてくれるとは思ってもみなかったので、フェリシアのテンションは一気に上がる。

サラの隣《となり》にいる兄を無視して二人で盛り上がった。

「お会いできて良かった！　お久しぶりですわ、サラ様」

「お久しぶりです、フェリシアさん！　私も会いたかったですー！」

テンションの高さについていけなかったらしい兄が、咳払《せきばら》いの後《のち》「さっさと座れ」と睨みを利《き》かせてくる。兄の仏頂面には慣れているので、特に怖《こわ》いと思うこともなく椅子《いす》に座った。

「どういう風の吹《ふ》き回しですか、お兄様。まさかサラ様を連れて来てくださるなんて」

「そなたの相手は疲《つか》れる。余が休憩している間なら別に問題ないと思っただけだ」

つまり、フェリシアを王宮で野放しにはできないし、かといって質問攻《しつもんぜ》めも嫌《いや》なので、フェリシアから逃《のが》れる苦肉の策がサラだった、というわけだろう。

それに門前払《もんぜんばら》いをしたところで、昔のフェリシアを知っている兄ならば、それが意味のないことだとも身に沁《し》みているに違いない。

なぜなら、昔はこっそりと王宮を抜《ぬ》け出して王都へ薬草を売りに行っていたフェリシアだ。抜け道はいくつか把握している。

それらを全《すべ》て断《た》つよりも、自分の目の届くところで勝手に会話に花を咲《さ》かせてくれたほうが楽だと判断したのだろう。

その判断は正しいようで、痛恨《つうこん》のミスとも言える。

（お兄様は知らないものね。私が転生者で、サラ様と同じ〝日本人〟だったってこと）

この日は兄の目もあり普通《ふつう》にお茶会をし、フェリシアはお暇《いとま》した。勝負は明日だ、と心に決めながら。

そして翌日、フェリシアの予想どおり再びサラも交えたお茶会が始まったので、フェリシアは兄の目を盗《ぬす》んでサラへ手紙を渡《わた》した。

そこに書かれている文字は〝日本語〟だ。万が一にも誰かに見られたところで、この文字を読める人間はフェリシアとサラの他《ほか》にはいない。

別日、サラから手紙の返事があった。彼女宛《あ》ての手紙に書いたことは次のとおりだ。

一、兄との婚約《こんやく》話について。

二、兄が要求してきたこと。

三、なぜいまだに王宮に滞在《たいざい》しているのか。

それらに対するサラの答えをもらって、フェリシアは早く宿に帰らなければと足を急がせていた。

王宮内では、いくら日本語で書かれた手紙といえども開けない。

はたから見れば優雅《ゆうが》に歩を進めているフェリシアだが、内心では「どこもそうだけどなんで王宮ってこんな無駄《むだ》に広いのよ！」と文句を投げつけていた。

しかし政務棟《とう》の近くを歩いていたとき、フェリシアは肌《はだ》を逆撫《さかな》でするような感覚に襲《おそ》われる。反射的に周囲を見回した。今のはなんだと原因を見つけようとして、自然と足が止まる。

「フェリシア様？」

後ろからついてきていたジェシカがまず訝《いぶか》しみ、次に王宮の門まで先導してくれていた兄の侍従が異変に気づく。

フェリシアは曲がり角に揺《ゆ》れるモヤを見つけた。

（あれって、瘴気《しょうき》!?）

まさかそんな。頭では否定するのに、身体《からだ》はすぐに動いていた。

背中に二人分の呼び止める声が飛んできたけれど、今は止まれない。嫌な予感が心臓を直撃《ちょくげき》して、走っているからだけではない呼吸の乱れがある。

問題の曲がり角へ辿《たど》り着く。しかしそこにはもう誰もいない。いくつもの大きな窓から差し込む日差しのおかげで、明るい廊下《ろうか》がまっすぐと延びていた。どこにも不穏《ふおん》な気配はない。

（気のせい、だった？）

乱れた呼吸を整えていたら、ジェシカと侍従が追いついてきた。

「フェリシア様、どうされました？」

「勝手な行動は困ります」

「……ええ、そうね」

後ろ髪《がみ》を引かれる思いで、フェリシアはその場を後にした。

宿に戻《もど》る馬車の中で、フェリシアはサラから預かった返答に目を通した。

そこにはフェリシアの知りたかった答えが追記されている。

一、兄との婚約話について。→そんな話は聞いてないですが、何かあったんですか？
二、兄が要求してきたこと。→獣害《じゅうがい》が魔物《まもの》の仕業《しわざ》か知りたいから、瘴気を視《み》てほしいと言われました。
三、なぜいまだに王宮に滞在しているのか。→それが、私にもよくわからないんです。もう少し聖女の力を貸してほしいと言われているんですが、これはウィリアム陛下にも話を通してあると言われました。でももしかして、聞いてないですか？

なんということだろう。フェリシアは手で額を押さえた。こちらとサラの連絡《れんらく》手段がないのをいいことに、兄はサラにデタラメを吹き込んでいたようだ。ウィリアムはもちろんそんなことは聞いていない。

けれど驚《おどろ》くべきは、そのあとに追伸《ついしん》として書かれていたことだった。

なんと、サラが王宮の中で瘴気を視たというのだ。サラはそれが兄の言う「もう少し聖女の力を貸してほしい」に繋《つな》がるのだろうと自分なりに考えたらしく、放《ほう》っておくこともできないので滞在を続けていると書いてあった。

（瘴気が……。じゃあやっぱり私が視たのも、幻覚《げんかく》や気のせいなんかじゃなかったのね）

まさか祖国でも瘴気を視る日が来るなんてと、フェリシアは唇《くちびる》を固く結ぶ。

いや、でもフェリシアが自覚していなかっただけで、初めて瘴気を視た場所はシャンゼルではない。

このグランカルストの王宮内にある、離宮《りきゅう》が最初だった。鷹《たか》のゼンに憑《つ》いていた瘴気を視た。

（なんだか、嫌な予感がしてきたわ……）

遠ざかっていく王宮の尖塔《せんとう》を、フェリシアは馬車の小窓から振り返った。

第四章 ⁂ 何事も先手必勝ですわよね、旦那様？

サラからの回答を得たフェリシアだったが、それをそのままウィリアムに報告しようとして、しかしいったん自分の中で留めおくことにした。

というのも、もう少しサラから詳《くわ》しいことを聞きたかったからである。今のまま報告しても、報告する自分自身が状況《じょうきょう》を整理できていないので、実のある相談ができないと思ったからだ。

そこで、もう一日だけ報告する期間を勝手に延長させてもらうことにした。

やはりその日もサラと兄がサロンで待ち構えていたが、これまでどおり兄の休憩《きゅうけい》時間ギリギリまで過ごしたあと、いざ帰るというときに頭痛に襲われたフリをした。

しばらく休めば問題ないからと、もう少しサロンにいさせてもらえるよう頼《たの》み込む。優《やさ》しいサラは事前に打ち合わせなどしなくても率先《そっせん》して付き添《そ》いを申し出てくれる。

はたして兄はフェリシアの作戦を見破ったのか、そうでないのか。

いつもの仏頂面《ぶっちょうづら》からは判断できなかったけれど、フェリシアとサラ、そして自分の侍従《じじゅう》を残して執務《しつむ》に戻っていった。

「フェリシアさん、大丈夫《だいじょうぶ》ですか？　もし酷《ひど》いようでしたら、私、お医者様を呼んできます」

「いえ、大丈夫ですわ。仮病ですから」

「えっ」

ジェシカに兄が本当に立ち去ったか確認《かくにん》してもらうと、大丈夫ですという力強い笑顔《えがお》をもらう。

兄の侍従はもともと扉《とびら》の外で待機していたので特に追い払《はら》う必要はなかった。

フェリシアはサラを椅子《いす》まで促《うなが》し、自分はそのすぐ隣《となり》に腰掛《こしか》けると小声で話しかけた。

「サラ様、手紙のお返事ありがとうございました。外に兄の侍従がいるので、小声で失礼しますわね」

「わかりました。手紙ならとんでもないです。実は私も、その件でフェリシアさんに相談したいことがあって……」

なんとサラは、一応、フレデリクの許《もと》へ戻ることを兄に願い出ていたらしい。

しかし適当な理由で断られ、それならフレデリクを連れてきてほしいと希望したが、それも流されてしまったとか。

サラは自分が何かに巻き込まれていることを薄々《うすうす》感じとってはいたけれど、何が起きているのか把握《はあく》できない状況にあったようだ。

「本当は早くフェリシアさんたちに私の状況をお伝えできたら良かったんですけど、たぶん、監視《かんし》されていて」

「監視⁉」

「いえっ、実際はわからないですけど、なんとなくですよ？　なんとなく、そんな感じがするというか。一度は私もフェリシアさんを見習って逃《に》げてみようと思ったんですが、ここだと土地勘《とちかん》もないので、逆にみんなに迷惑《めいわく》をかけるかもと思ったら、やらないほうがいいのかなって思ってやめたんです。すみません、勇気が出なくて……」

フェリシアはサラの手をぎゅっと握《にぎ》った。

「何を言ってますの、サラ様。それは賢明《けんめい》な判断だと思います。私だって他国の王宮で同じ状況だったらやりませんわ」

ちょっと先日誘拐《ゆうかい》されて、とりあえず敵の許から逃げ出したことは棚《たな》に上げたフェリシアである。あのときは命も関《かか》わっていたので、今とは状況も何もかもが違《ちが》う。ということにした。

「ではそうなりますと、まずはお互《たが》いの状況確認からしたほうが良さそうですわね」

「はい！」

そうしてサラと状況のすり合わせを行った結果、色々と判明したことがある。

まず、やはりサラは兄との婚約《こんやく》については何も知らないということ。

兄がサラをグランカルストに招待したのは、聖女の力が必要だったからだと聞かされたということ。

獣害の現場には、確かに瘴気《しょうき》の残滓《ざんし》があり、魔物の仕業《しわざ》であることが高いということ。

もちろん、これは兄にも報告済みらしい。

また、この王宮内でもたまに瘴気の気配を感じたため、サラはそれについても伝えたという。

「なんだか嫌《いや》な予感がして……アイゼンさんはフェリシアさんのお兄さんですし、何かあってからじゃ遅《おそ》いと思ったんです」

「そうでしたか。ありがとうございます、サラ様。兄のことを考えてくださって」

フェリシアは、自分も王宮内で瘴気を視たことを伝えた。

「フェリシアさん、じゃあやっぱり……」

「ええ。私もサラ様と同じで嫌な予感がしますの。まるで、あのときみたいな――」

瘴気。魔物。なんとも言えない胸に燻《くすぶ》るモヤモヤ感。

そして、魔物がいるとは思えない場所で、瘴気を視てしまった事実。

どちらからともなく視線が触《ふ》れ合う。お互いの瞳《ひとみ》の中に映る自分が不安そうに揺《ゆ》れている。

おそらくこのとき、二人とも同じ人物を脳内に浮《う》かべた。

――〝アルフィアス〟

この場で名前を出すのも憚《はばか》られる、フェリシアたちが最も苦戦した宿敵。

「でも、そんなはずありませんわよね？　彼はあのとき、ちゃんと浄化《じょうか》しましたもの」

「私もフェリシアさんと同じ気持ちです。そんなはずないって、わかってるんです。それに、あの人の気配って言ったらいいんでしょうか、そういうのも感じませんし」

サラ曰《いわ》く、アルフィアスの正体が瘴気の塊《かたまり》だからなのか、後から思えば彼からは独特な雰囲気《ふんいき》を感じていたという。

といっても微弱《びじゃく》なもので、それもアルフィアスの正体を知ってから気づいたものなので、当時はなんの役にも立てなかったことを悔《く》やんだらしい。

「気にしないでください。もう終わったことですもの。それより、今はこちらの問題です」

「ですね。ちょうどこれを相談したかったので、フェリシアさんが訪ねてきてくれて本当に嬉《うれ》しかったんです」

「サラ様はどう思います？　私は聖女ではないので、『視《み》る』ことはできても『感じる』ことはできないみたいなんですが、今も瘴気の気配は感じますか？」

「はい。なんというか、膜《まく》が張ってあるようにぼんやりとで、辿《たど》りにくい感じではありますけど」

「瘴気自体は視ましたか？」

「それが視てはないんです。聖女《わたし》を警戒《けいかい》しているのか、たまたまなのかはわかりませんけど、逃げられているような感じもして……」

サラの言葉に息を呑《の》む。嫌な予感がますます強まった。

だって、瘴気が〝逃げる〟だなんて、そんな意思があるみたいに――。

「サ、サラ様」

真剣《しんけん》な顔で冷や汗《あせ》を垂らしたフェリシアに、サラも同じ動揺《どうよう》を見せながらフェリシアの手をがしっと摑《つか》んできた。

「わかります、フェリシアさんの言いたいこと」

「やっぱり似てますわよね、あのときと……！」

「ですよね⁉ 私、ずっと一人でどうしようって思ってて……本当に誰《だれ》かに相談したくって！ うあーん！ フェリシアさーん！ どうしましょ～⁉」

「だ、大丈夫ですわ。落ち着きましょう、サラ様。まだ決めつけるのは早いです」

縋《すが》りついてきたサラをなんとか抱《だ》き留め、深呼吸しながら彼女の背中をさする。

「私は確かに瘴気を視ましたが、〝人〟に憑《つ》いていたかどうかまでは視ていません。もしかしたら、騎士《きし》の誰かが獣害《じゅうがい》の現場調査とかで残滓を拾ってきただけかもしれませんわ」

「うぅっ、ですかね？」

「とにかく、私たちにできることから考えていきましょう」

サラは目元を軽く拭《ぬぐ》うと、身体《からだ》を起こして「それもそうですね」と頰《ほほ》を叩《たた》いた。

「できること、考えましょう！　私、また瘴気に侵《おか》されるフレデリクなんて見たくないです。それにやっぱり、どの国だろうと、瘴気に苦しんでる人は放《ほう》っておけません」

やる気に満ちた顔で瞳を燃やすサラを微笑《ほほえ》ましく見つめる。

だから彼女はフレデリクと離《はな》れ離《ばな》れになっても、この王宮に留《とど》まってくれたのだろう。

彼女が自分で言ったように、逃げたら迷惑をかけるかもしれないという気持ちも確かにあったのだろうが、きっとそれだけではない。

(純粋《じゅんすい》に心配してくれたのね。お兄様のこと、このグランカルストの人々のことを)

ここが他国だろうと、サラは助けを求められれば手を差し伸《の》べる。彼女はそういう人だ。

アルフィアスの件以降瘴気の被害が減ったにもかかわらず聖女の威光《いこう》が失われずに健在なのは、彼女の人柄《ひとがら》ゆえだろう。

誰もがその心根に惹《ひ》かれる。

(フレデリク様があそこまで過保護になるのも、わかる気がするわ)

思わず生暖かい視線を送ってしまって、気づいたサラが不思議そうに小首を傾《かし》げた。

おそらく、今ここでサラの気持ちを訊《き》くことは簡単だろうとは思う。元の世界に戻《もど》りたいのか、それともこの世界で一生を過ごす覚悟《かくご》があるのか。

フェリシアと違い、彼女は選べる。

選べるからこそ、それは大きな悩《なや》みとなっているはずだ。

(でもそれは、私じゃなくてフレデリク様が訊くべきことよね)

フェリシアは、たとえ前世の記憶《きおく》があったとしても、記憶があるだけだ。どんなに元の世界に焦《こ》がれようと戻る選択肢《せんたくし》はない。

だからこそ悩む必要はないけれど、もし、自分が選べる立場だったらどうするだろうという自問が鎌首《かまくび》をもたげた。

(私が、選べるんだったら――)

そのとき頭の中に過《よぎ》った人がウィリアムである時点で、フェリシアの答えは決まっているも同然だ。

(ようは、考えるだけ無駄《むだ》ってやつね)

なんだかそんな自分がおかしくて、フェリシアは衝動《しょうどう》のまま伝える。

「サラ様。私はどんなときも、サラ様の味方ですからね！」

「ふえっ。え？　えっと、ありがとう、ございます？」

突然《とつぜん》言われてなんのことか理解できていないサラに微笑んで、フェリシアはジェシカにペンと紙を用意してもらうようお願いした。

状況《じょうきょう》整理のため、先ほど二人でまとめたことを書き出していく。文字はやはり日本語を使った。

書いている途中《とちゅう》、サラが何か思い出したように声を上げた。

「そういえば、アイゼンさん、また舞踏会《ぶとうかい》を開くって言ってました」

「この短い間にですか？　変ですわね。今は社交シーズンでもないのに」

「あ～、それが、ですね……」

サラが気まずそうに話すことには、なんと今度こそ本当に『婚約《こんやく》発表のための』舞踏会らしい。

「婚約発表!?　ってまさか!?」

「いえ、詳《くわ》しいことは私もわかりません。だから私、フェリシアさんにアイゼンさんと自分の婚約の噂《うわさ》があるって聞くまでは、まさかそれが自分に関係することだなんて思ってもなくて。でも、フェリシアさんの話を聞いて……思い出して……」

「え、嘘《うそ》ですわよね？　まさかのまさかですわよね？　だってそんな、流星も驚《おどろ》くスピードで、そんなこと……」

二人して顔を強張《こわば》らせる。

誰かに「そんなまさか～」と明るく否定してほしいのに、してくれそうな人がここにはいない。

「い、いつですか、それ」

「次の王宮で開かれる舞踏会でって言ってました。一週間も、ない、です」

「一週間もない⁉」

扉《とびら》の外にいる侍従《じじゅう》のこともすっかり忘れて絶叫《ぜっきょう》する。

「ま、待ってください！　ウィルが言ってましたの。さすがに婚約を発表されたら、ウィルでもどうにもできないって」

「え⁉　えっ、じゃあ私、アイゼンさんとっ？」

「だめです！　そんなこと許しませんわ！」

何目線で許さないのか、自分でも混乱しているけれど。

残念ながらこういうとき突《つ》っ込んでくれるツッコミ役が現在は不在だ。

「か、考えるんです、サラ様。なんでお兄様がいきなり婚約を発表する気になったのか」

建国記念パーティーでは公言しなかった。パートナーとして連れておきながら。

考えられるのは、いきなり聖女を自分の婚約者として発表するよりも、いったんワンクッションを置いてから発表したほうが周囲に受け入れられると考えたから、というところだろうか。

「あのお兄様らしくてまずいです！　これじゃあ信憑性《しんぴょうせい》が……！」

「でもフェリシアさん、私思ったんですけど、それにしたって急じゃないですか？」

「？　そうですわね」

「もしかしてアイゼンさん、今回初めて魔物《まもの》の被害《ひがい》を受けたから、それで気が逸《はや》ってとりあえず浄化《じょうか》の力を持つ聖女と……みたいなことはありませんか？　だったら、浄化薬とか、他《ほか》の方法があるんですよってことを伝えれば解《わか》ってもらえると思うんです！」

「……そうです、わね……？」

あの兄が？　と考えながら相槌《あいづち》を打ってみたが、やっぱり肯定《こうてい》できないと首を横に振《ふ》った。

「いいえ、無理です。だってあのお兄様ですよ？　浄化薬の情報を渡《わた》したところで、浄化薬も聖女もどっちも欲しいと言うに決まってますわ」

「あ……ちょっと納得《なっとく》です」

兄とサラはこれまで特段交流はなかった。そのサラが少しでも納得できるなんて、いったい兄は彼女にどんな態度をとっているのだろう。サラの様子や着ているドレスからして、雑な扱《あつか》いを受けているようには見えないけれど。

「というより、実は浄化薬のことは、すでに情報を共有していますの」

トルニアで簡単な話はしている。それでもなお聖女を呼んだということは、つまり先に思ったように、兄が両方とも得ようとしている可能性が高いということだ。

「サラ様って、お兄様に魔物の話はしましたか？」

「はい、しました」

「理性なく襲《おそ》ってくることも？」

「あと、人に憑《つ》く場合があるってことも」

——ああ、そういうことか。

一つの閃《ひらめ》きがフェリシアの中に生まれた。

兄が魔物の特性——理性なく周囲を襲うということ——を知っているなら、獣害《じゅうがい》が魔物の仕業《しわざ》と判明した時点で、兄は浄化薬に関するさらなる情報や実物の提供をウィリアムに求めてきたはずなのだ。

しかし、ウィリアムからそんな話があったとは聞いていない。

これが浄化薬のことでなければ、ウィリアムがフェリシアに隠《かく》している可能性も視野に入れた。が、浄化薬のことはフェリシアが一番理解している。ということを、ウィリアムも重々承知している。なので、本当にウィリアムにさえ話がいっていないと考えるのが妥《だ》当《とう》だろう。

兄が浄化薬を要求してこないのは、獣害の真の犯人が魔物ではないと疑っているからに他ならない。それを裏付ける手がかりをもしかすると摑《つか》んでいるのかもしれない。

たとえば、襲われた町や村に共通点があったとか——そういう理性的な一面が犯人像に見られたのではないかと考える。

（理性のない魔物では説明のつかないようなことがあったのかも）

そんなときに瘴気《しょうき》が〝人〟にも憑くことがあって、瘴気に取り憑かれた人間は理性の箍《たが》が外れやすくなるだけで、それまでと同様に思考することを知ったのなら。

（そっちが犯人だって思うわよね、普通《ふつう》は）

つまり、兄はこう考えたのだ。

今回の一連の件は、瘴気に取り憑かれた人間による犯行だと。

しかも、そこでトドメとばかりに王宮で瘴気の気配を感じることをサラから聞いたのであれば、取り憑かれた人間が貴族である可能性が高いと踏《ふ》んでもおかしくはない。

（だから婚約発表の舞踏会を開くんだわ。聖女と婚約すると公《おおやけ》にすることで、犯人の反応を見ようとしているのね）

顔から血の気が引いていく。

常識的な思考の持ち主なら、自分の婚約を餌《えさ》にすることはしないだろう。

けれど、あの兄ならやりかねない。それも、相手《サラ》の意思など関係なく。

最悪の場合、王の面目《めんぼく》を保つためにそのまま本気で婚約してしまうこともありえる。

なにせ兄は、実の妹であれ犯罪者となったブリジットを容赦《ようしゃ》なく切り捨てた人だ。

家臣に見捨てられそうになった父を退位させたのも兄である。

（そうよ、お兄様って、ウィルに似てるのよ）

これが一国を背負う者の覚悟《かくご》なのかはわからない。

しかし、時に冷酷無慈悲《れいこくむじひ》な判断を躊躇《ためら》うことなく下す。自身でさえ国のための道具とする。そんなところが似ているのだ。

フェリシアは、そんなウィリアムのストッパーになると決めている。彼が必要以上に自分自身を傷つけないよう、また誰《だれ》かを傷つけないよう、そして、彼が自分を見失わないように、引き止める役が自分《フェリシア》だと思っている。

でも、兄にそういった人はいない。

(いくらなんでもやりすぎよ、お兄様。それはサラ様まで巻き込んでるってこと、気づいてないの?)

それとも、気づいているけれど認識《にんしき》できていないのか。それがどれほど傲慢《ごうまん》なことなのかということを。

生まれながらにして人の上に立つことを強《し》いられてきたのだ。そういう教育をされてきた人間なら、そうなることは自明の理でもあるのかもしれない。

だからといって、見過ごせるものでもない。

サラは異世界から来た人間だ。そうでなくとも、グランカルストの貴族でもなんでもない彼女を、彼女の意思も聞かずに勝手に自分の作戦に織り込むなんてありえない。

サラの友人として、そこは断固抗議《こうぎ》したいところである。

（それに、〝聖女〟はだめだわ）

ウィリアムが今回の件で一番懸念《けねん》しているのは、聖女を他国に奪《うば》われることだ。

フェリシアも同意見である。

ウィリアムと共に瘴気のない世界をつくろうと決意した。そのためには、聖女であるサラの協力は必要不可欠で、できればシャンゼルにいてもらいたいのだ。

これは、シャンゼルの王妃《おうひ》としての思いである。

友人としても、シャンゼルの王妃としても、サラが兄と婚約《こんやく》するのは絶対に阻止《そし》したい。

「サラ様。私たちがすべきこと、決まりましたわよ」

フェリシアは静かに瞳《ひとみ》の中で闘志《とうし》を燃やした。

「なんですか？　私、なんでも手伝います！」

「ありがとうございます。とにかく舞踏会《ぶとうかい》までに獣害の真犯人を突き止めましょう。それで、突き止めた犯人をお兄様に差し出して、言ってやるんです。『これで婚約の必要はありませんわよね』って。高らかに婚約破棄《はき》してやりましょう！」

がしっと、サラの両手を握《にぎ》る。フェリシアの勢いに呑《の》まれたのか、サラも瞳の中で炎《ほのお》を燃やした。

「そうですね、よくわかりませんけど、派手にやりましょう！」

でもまだ婚約はしていないのでは、というジェシカの小さなツッコミは空気に溶《と》けて消えていった。

「というわけで、囮《おとり》作戦ですわサラ様！　お兄様がご自身を道具として使うなら、私だって使ってやろうじゃありませんの！」

「はい！　って、あれ？　フェリシアさん、ちょっと待ってください。今なんて――」

「見てらっしゃい、お兄様。私はウィルで慣れてるのよ……ふふふ……人の恋路《こいじ》どころか何もかも邪魔《じゃま》する邪魔者に、目に物見せてやるわ！」

――と、宣言して数時間後。

事の経緯《いきさつ》と自分の意見をウィリアムに伝えたフェリシアは、現在。

「だめに決まってるよね？」

純度０％の笑顔《えがお》と圧力で自分の夫にねじ伏《ふ》せられている。

ここが宿の一室だからいいものの、外でこんな状態を晒《さら》せば新聞記事のいいネタにされそうだ。『シャンゼル国王夫妻、早くも離婚《りこん》の危機⁉』というようなタイトルでも付けられて。

しかしフェリシアも馬鹿《ばか》ではない。ウィリアムが反対してくることは百も承知だった。彼に鍛《きた》えられた度胸をここで使わずしていつ使おう、とばかりに先手を打っている。

「残念ですがウィル、もう噂《うわさ》を流してもらうようサラ様にお願い済みですの」

「噂？」

これはさすがのウィリアムも予想外だったのか、口角をひくつかせた。

ただ、フェリシアがウィリアムの行動に慣れたように、ウィリアムもフェリシアの突拍《とっぴょう》子《し》もない行動には慣れつつあるらしく――というより、何かとんでもないことをやりそうな妻だという認識が定着してしまったと言ったほうが正しいかもしれない――すぐに受けた衝撃《しょうげき》を流して、次なる行動に移ってきた。

フェリシアの傍《かたわ》らで片膝《かたひざ》をつき、まるで機嫌《きげん》を取るように両手を重ねてくる。

「フェリシア、いったいなんの噂を流すように頼《たの》んだの？　まさかとは思うけど、フェリシアが王宮内で瘴気を視《み》たことじゃないよね？」

これまでのフェリシアの考えを聞いてその質問が出たというのなら、フェリシアはウィリアムのことがますます好きになった。

今は自分より低い位置にある彼の首に抱《だ》きつく。

「さすがウィル。私のこと、なんでもお見通しなんですね」

「待って。嬉《うれ》しくない。嘘《うそ》だと言って」

「そのとおりですわ」

左手でフェリシアを抱き留めながら、ウィリアムは右手で頭を抱《かか》えた。

る。

敵が瘴気に取り憑《つ》かれた人間なら、兄も考えたように、敵にとって聖女は邪魔者である。

フェリシアの作戦はこうだ。

「まあ、そうとも言います」

「自分を囮に使ったのかい」


では、敵は聖女の何を邪魔に思うか。もちろん浄化《じょうか》能力だ。瘴気を視る力も厄介《やっかい》なはず。

なぜなら、瘴気から得られる情報は意外と多いからだ。

実際、獣害《じゅうがい》が単なる動物ではなく魔物《まもの》の仕業《しわざ》とわかったのも、瘴気の残滓《ざんし》を視たからである。

他《ほか》にも、瘴気が人に憑いているときは、ひと目でその人物が危険人物だと判断できる。

聖女が瘴気を視ることができるのは周知の事実だが、その他の人間は自ら公言しない限り見た目で判別できるものではない。

そこでフェリシアは、敵を誘《おび》き出すため、自分も瘴気を視ることができる人間だとアピールすることにした。あなたにとっての邪魔者はここにもいますよ、と。

そして畳《たた》み込むように王宮内で瘴気を視た事実を人の噂に乗せれば、敵は絶対に何かしら行動を起こすだろう。

なんなら、瘴気に取り憑かれたこれまでの人——姉やウィリアムの母など——を基準に考えるなら、敵とみなした相手のことを直接排除《はいじょ》しようと仕掛《しか》けてくる可能性だって十分にある。

「名付けて『ヨモモちゃん大作戦』です！」

「ヨモモちゃん？　って、ヨモギのことだよね？」

「そうです。ヨモモちゃんはですね、薬草としても優秀《ゆうしゅう》ですが、バンカープランツとしても活躍《かつやく》するとってもすごい子なんですよ。バンカープランツっていうのは、自分が囮になって害虫から野菜を守ってくれる植物のことなんです。だから、ぴったりの作戦名だと思いません？」

ウィリアムの顔色が心なしか青くなった。

そのまま彼に横抱きにされて、どこかへと連れて行かれる。いったいどこに……と訝《いぶか》しんでいたら、進行方向には寝室《しんしつ》があった。

この宿の部屋は寝室と前室に分かれているのだが、まだ眠《ねむ》るには早い時間である。なにせ王宮から戻《もど》ってきてそう時間を空けずに報告会を開催《かいさい》したので、夕食もまだなのだ。

そのとき視界の隅《すみ》に映ったゲイルの表情で、フェリシアはピンと来てしまった。あの「あーあ、やっちゃったなあ、王女さん」みたいな顔にはとても見覚えがある。そういうときは必ず自分が何かをやらかしていて、ウィリアムが暴走するのだ。

ドアノブを回そうとした彼の手に、慌《あわ》てて自分の手を重ねた。

「フェリシア、危ないよ。落ちるからしっかり掴《つか》まってて」

今は体勢を気にしている場合ではない。

「その前に、寝室になんの用がありますの？　私、お腹空《なかす》きましたわ」

「じゃあ夕食は寝室に運ばせよう。夕食だけと言わず、明日の朝食も、昼食も、夕食も。シャンゼルに帰るまではずっとそうしようか」

輝《かがや》く笑顔が眩《まぶ》しい。いや、そんな煌々《きらきら》しい笑顔で何を言っているのだろうこの人は、と思う。

悪い予感が的中した。

「それ監禁《かんきん》って言うんですが、知ってます？」

恐《おそ》る恐る追及《ついきゅう》すると、ウィリアムが笑みを深めた。

「感慨深《かんがいぶか》いね。フェリシアの口からそんな言葉が出てくるなんて」

なのに、目が全く笑っていない。

「以前は何も知らないひな鳥だったのに、私が何をしようとしているのか解《わか》ってくれるんだね。解っているのに、君は本気で逃《に》げようとはしないんだ？」

「ウィルを信じてるからですわ。だって約束しましたわよね？　もう二度と閉じ込めないって」

あれはまだ、アルフィアスの正体を知らない頃《ころ》。

アルフィアスとの仲を勘違《かんちが》いしたウィリアムが、フェリシアを部屋に閉じ込めたことがある。もちろん大人しく閉じ込められたままのフェリシアではないので、あのときは自力で脱出《だっしゅつ》したけれど。

「でも、ウィルが約束を破るなら、私もまた逃げますわよ。今度は徹底《てってい》的に」

それでもいいんですか、と言外に責める。

ウィリアムがくしゃりと顔を歪《ゆが》めた。それは怒《おこ》っているようにも見えるけれど、拗《す》ねているようにも見えて、でも悲しそうにも見える。

彼の心を読み取ろうと瞳《ひとみ》をじっと見つめれば、ふいっと逸《そ》らされた。

「一つ、訊《き》いていいかい」

「はい」

「なんでフェリシアが囮《おとり》になる必要があったの？　君の行動力には私も脱帽《だつぼう》することが多いけど、君は無謀《むぼう》な人じゃない。一見そうは見えても、本当は後先のことも周りのことも考えて行動している。なのに、なんで今回は行動したの？」

これにはフェリシアも唇《くちびる》を尖《とが》らせた。その言い方ではまるで今回は無謀だと言われているようだ。とても心外である。

「今回も無謀じゃありません。私はウィルが獣害について調べていることを知っているんですよ？　ウィルは瘴気《しょうき》を視る力も強いようですし、すぐにお兄様の考えていることなんて見破ってくれると信じてました。というより、私がサラ様からの情報で気づいたくらいなんですから、ウィルはとっくに気づいていたんじゃありません？」

そうだ。フェリシアは兄の考えていることに気づいたとき、ウィリアムへの違和感《いわかん》も同時に覚えた。

兄と同じく未来の王としての英才教育を受けてきた彼が――自分よりもずっと頭の回転が速い彼が、気づいていないはずがない。

ということは、気づいていながらその情報をフェリシアに開示しないのは、何かしらの理由があるのでは――？

「ウィルが隠《かく》すときは大抵《たいてい》私の安全確保を考えているときですし、何か理由があるなら待とうと思いました。でも……」

キッ、と彼を間近で睨《にら》む。

「時間がないんです。婚約《こんやく》発表の舞踏《ぶとう》会のことはサラ様から聞いた私しか知り得ません。明日まで待って動くには遅《おそ》いんです。それに、こうなるとわかっていたから、勝手に動きました」

「こうなる？」

「ウィルが私の安全を一番に考えて、最短の方法を避《さ》けることです！」

これを言葉にするのは、少しばかり自意識過剰《かじょう》ではないかという羞恥心《しゅうちしん》はあった。躊躇《ため》いもあったけれど、今の彼の反応を見れば、自分の羞恥心を捨てて正解だったと安堵《あんど》する。

とても苦々しそうな、やってしまったと失態を嘆《なげ》くような、あるいは降参したとでも言うような顔。

口の隙間《すきま》から吐息《といき》がこぼれた。

「最近のウィルは表情が豊かで嬉しいです」

「……私はできれば、こんな顔はしたくなかったけどね」

観念してくれたらしい彼が、長いため息のあとソファへと踵《きびす》を返してくれる。丁寧《ていねい》すぎるくらいゆっくりと下ろされて、ウィリアムも隣《となり》に腰掛《こしか》けた。

「前々からわかってはいたけど、私はフェリシアにだけは勝てる気がしないよ」

「私は逆に勝てる方法を見出《みいだ》し始めましたわ！」

嬉《うれ》しくなって興奮気味に伝えたら、ウィリアムからは苦笑《くしょう》をもらう。

「こういうときは勘弁《かんべん》してほしいけれどね。私は君がいないと生きていけないのに、そんな君を渦中《かちゅう》に放《ほう》り込む決断は本当に嫌《いや》なんだ。心が引き裂《さ》かれる」

「そ、そんなにですか？」

ちょっと大げさでは、と思ってしまった心の内を見透《みす》かされたらしく、「そんなに」と怒《いか》りの微笑《ほほえ》みを食《く》らった。

「創薬のときもそうだけど、君は自分のことを蔑《ないがし》ろにしすぎるからね。私が過保護になってちょうどいいんだよ」

彼は過保護だったのか……と衝撃《しょうげき》の事実を受けていたら、どうやらゲイルも同じことを思ったようで、それまで黙《だま》っていた口を開かせるほどのショックを受けたらしい。

「マジっすか……陛下のあれが、過保護……？　じゃあ、他《ほか》の男に王女さんが泣かされたって勘違いして閉じ込めたのも、他の男と踊《おど》らせないのも、常に王女さんの騎《き》士《し》さんに王女さんのことを報告させてるのも、多《た》忙《ぼう》で会えないときでも実はこっそり王女さんの様子を見に行って部下を困らせたり、ストレス解消に王女さんの寝《ね》顔《がお》をじっくり眺《なが》めて眺めすぎて寝不足になったり、王女さんへの贈《おく》り物調査に余念がなさすぎて宰《さい》相《しょう》さんにドン引きされてたのも……過保護だったから、なんすね……」

「…………」

ウィリアムが笑《え》顔《がお》を作ったまま固まった。

そんな彼にじと目を送る。なんだか新しく知る情報がいくつか含《ふく》まれていたように思うのだが、気のせいだろうか。

「とりあえず、その件はまたあとで話し合いましょう。言い訳を考えておいてくださいませね、旦那様《だんなさま》」

はい、とかなり小さめの返事が耳に届いた。これも負ける気はしないと思ったフェリシアである。

気を取り直すためか、ウィリアムが咳払《せきばら》いを一つした。

「話を戻すけど、フェリシアの推測はだいたい合ってる。確かに私は義兄上《あにうえ》の思惑《おもわく》を君と同じように予想した。君にすぐ言わなかったのは、魔物《まもの》の仕業《しわざ》にしては現場が綺麗だったからだ」

ウィリアム曰《いわ》く、理性のない魔物は本来襲《おそ》う標的なんて定めないはずなのに、被害者《ひがいしゃ》の話から、今回は明らかに狙《ねら》いがあるような荒《あ》らし方だったという。それも、人が最も嫌がるようなやり方で。

さらに、いくつか足を運んだ事件現場のうち、被害を受けたのが一番新しいところでは、ウィリアムも微《かす》かに残る瘴気を視認《しにん》したとか。

「瘴気の気配がして、かつ理性的な行動。ここから単なる魔物の仕業ではないと推測し、可能性として瘴気憑《つ》きの人間が浮《う》かんだ。前例があるからね。浮かばないほうが無理がある。そしてその前例は、瘴気憑きの狙いがフェリシアだったことを思い出させてくれた。でもそれ以上は不透明《ふとうめい》な状況《じょうきょう》で、いたずらに不安を煽《あお》るようなことを君に伝えるわけにはいかなかったんだ。――だというのに、魔物なんているはずのない王宮で、君は瘴気を視《み》てしまった」

「ウィルの推測が確信に近づく事実ですわね」

でも、とフェリシアは疑問を口にする。

「ここはグランカルストです。今回も私を狙っている可能性は低いんじゃありません？」

「逆だよ。ここが遠く離《はな》れたグランカルストだからこそ、君がその近くにいるときにこんな問題が起きたんだ。関連を疑わずにはいられない」

「ですが、獣害《じゅうがい》はもっと前から問題になっていたんですよね？」

「詳細《しょうさい》は義兄上に訊かないとわからないけれど、私たちの新婚《しんこん》旅行計画が漏《も》れていた場合は合わせようと思えば合わせられる」

「そんな……」

さすがに考えすぎではないかと思うけれど、ウィリアムの表情はいたって真剣《しんけん》だ。彼だけではない。彼と一緒《いっしょ》に調査していたゲイル、フレデリクの表情も強張《こわば》っている。

室内の空気がどんよりと重い。

「そう考えると、獣害は誘《おび》き出すためというか、引き止めるための一手とも取れるんだ」

「どういうことですか？」

「魔物が関わっていると何かしらのきっかけで義兄上が気づけば、旅行で近くに来ている私にコンタクトを取ろうとするだろう。私は魔物が一番出現する国の王だからね。助言を得るのにこれ以上の適任はいない。そうすると、もちろん君の耳にも話が入る。君は義兄上を助けたいと動き出すだろうから、ほら、十分足止めができるって寸法だよ。まあ今回は、義兄上が魔物に気づくよりも先にトルニアで私たちと接触《せっしょく》したわけだけれど」

あくまで一つの可能性だと、ウィリアムは強調して補足した。

「こんなところで足止めしてどうするつもりなのかがわからないから、正直、外れてほしい予測の一つだけれどね」

彼は普段《ふだん》からこうして様々な可能性を視野に入れて行動している。いつもはフェリシアに見せない部分を見せてもらって、色んな種類の驚嘆《きょうたん》を覚えた。彼の想像力もそうだし、それが万が一当たっていた場合の敵の魂胆《こんたん》もそうだ。

でももし当たっていた場合、どうして敵がそこまでして自分を狙うのかがわからない。

(だってアルフィアスは、もういないはずよね?)

だんだん自信がなくなってくるのは、今回のことに瘴気憑きの人間が関《かか》わっているかもしれないからだ。人に瘴気を憑けるなんて、彼にしかできない芸当だったはず。

それとももしかして、フェリシアたちが知らないだけで他《ほか》にも瘴気憑きが生まれる要因があるのだろうか。

「何はともあれ、これ以上君を関わらせるのはやめたほうがいいかもしれない――と、ちょうど今日決めたところだったんだけどね」

「なのに、私が先に行動してしまった……」

ニッと、思わず口端《こうたん》をつり上げた。

「じゃあやっぱり、噂《うわさ》を流すようお願いして良かったですわ。これで仲間外れにはできませんものね」

「非常に残念なことにね」

ただ、とフェリシアは声のトーンを落とすと、部屋の片隅《かたすみ》で待機していたフレデリクに視線を移した。

「フレデリク様に、謝らなければいけないことがあるんです」

「俺に、ですか？」

「ええ。実はこの囮《おとり》作戦をサラ様に話したとき、サラ様も囮になると言って聞かなくて」

「……ま、まさか」

「一応、だめですからねと、念は押したんですけど」

あの様子では、おそらく聞いてはいないだろう。別れるときの彼女の顔はとても気合が入っていた。まるで兄に仕返しをするときの自分のように。あ、これは何を言ってもだめだなと思ったのは言うまでもない。

「そんな……サラ様も囮に……」

「本当に申し訳ありません！　でもあの、ウィルの予想が当たっていれば、犯人の狙いは私ですしっ」

「フェリシア」

咎《とが》めるように名前を呼ばれて口を閉じる。あっちもこっちも地雷《じらい》が多くて困ってしまう。まあ、自分でその地雷を埋《う》めたようなものなのだけれど。

「はあ、もういいや。そこまでお膳立《ぜんだ》てしてくれたのなら、全力で利用させてもらおうかな」

色々と吹《ふ》っ切れたらしいウィリアムが投げやりに言う。

「フェリシアの作戦は、悲しいことに確かに最短で犯人を追い詰《つ》められる。義兄上が舞踏《ぶとう》会で何か仕掛《しか》けるつもりなら、余計にこれくらいぶっ飛んだ作戦じゃないと対応できないだろう」

いつももっとぶっ飛んだ作戦を考える人に言われたくないと思ったのは秘密である。

「だから明日、サラに会ったとき、これから言うことも追加で噂に乗せるよう伝えてほしい」

フェリシアは、この作戦を思いついたとき、犯人が王宮内でアクションを起こしてくれたらラッキーだなとしか考えていなかった。王宮の中であれば、兄の騎士《きし》が常に自分を陰《かげ》ながら見張っていることを知っていたからだ。

けれど、それでは「隙《すき》がなくて出てこないと思う」とウィリアムは言う。

「王宮の〝外〟だ。そこに敵を誘き出す。これだと逆に隙を与《あた》えすぎることになるけど、そのほうが都合はいい。名目はなんでもいいよ。ただし、決行は舞踏会当日の昼にする。

ギリギリだが、噂の浸透《しんとう》時間を考えると仕方ない」

「わかりましたわ。サラ様に伝えておきます」

なんの都合がいいのだろうと疑問に思いながらも、特に追及《ついきゅう》はしなかった。

「明日からのフェリシアの登城にはおまえも行け、フレデリク。フェリシアとサラ、両方の護衛だということを忘れるなよ」

「！　承知いたしました。ありがとうございます、陛下」

「それともう一つ注意しておくが、絶対暴走するなよ。サラに他の男と婚約《こんやく》してほしくないのなら」

「もちろんです。絶対、しません」

その瞳《ひとみ》には確固たる決意が滲《にじ》んでいた。さすがウィリアム。人の的確な扱《あつか》い方をよく知っている。

こうしてフェリシアたちは、アイゼンには内密で、アイゼンの敵――ないし自分たちの敵にもなり得る相手への反撃《はんげき》を開始した。

第五章 ✽✽✽ ヨモモちゃん大作戦！

新婚旅行先だったトルニアは、比較的《ひかくてき》温暖な気候だったので季節を勘違《かんちが》いしそうになったが、今はオフシーズン。トルニアの隣《となり》に位置するくせに、グランカルストはそこまで暖かくはない。

というより、領土が広すぎて、トルニアから離れている王都は忘れていた季節を思い出させるほど寒かった。

特に今日は最たるものである。理由は、昨日から気温がぐんと下がったからではなく、動きやすさを重視した結果、防寒着をあまり着込めなくなってしまったからだ。

ではなぜ動きやすさを重視したのか。それはもちろん、今日が舞踏会当日で、作戦の決行日だからである。

噂は順調に広まってくれたらしく、グランカルストの貴族の反応はほとんどが半信半疑というものだった。

無理もない。彼らはこれまで、魔物《まもの》とも瘴気《しょうき》とも縁《えん》のなかった日々を過ごしてきたのだ。

グランカルストにも聖女信仰《しんこう》の教会支部があるとはいえ、その数は本場とも言えるシャンゼルと比べれば圧倒的《あっとう》に少ない。

だから、フェリシアやサラの妄言《もうげん》だと揶揄《やゆ》する人々も少なからずいた。

いや、むしろサラとアイゼンの婚姻《こんいん》を阻止《そし》したい貴族は、これにかこつけてサラを貶《おとし》めようとしているくらいだ。

フェリシアたちとしては、願ってもない副産物だった。

サラを悪く言われるのは当然鼻持ちならないけれど、反対派の貴族たちが騒《さわ》げば騒ぐほど二人の婚約のハードルは上がる。

恋《こい》は障害が多いほど燃え上がるという言葉は、相思相愛の関係でしか成り立たない。アイゼンは政略的な思惑《おもわく》しか持っていないだろうし、サラの心はすでに他の男性《フレデリク》に向いている。火種もないのに燃えることはなく、そしてわざわざ火をおこそうとまではアイゼンもしないだろうと思うのだ。

(そういうところ、意外と面倒《めんど》くさがりなのよね、お兄様って)

王宮へサラを迎《むか》えに行くための馬車の中で、フェリシアはウィリアムにくっつきながら考える。

普段《ふだん》であればフェリシアから密着することなんて滅多《めった》にない。が、今は気恥《きは》ずかしいという思いよりも寒いという思いが勝《まさ》っていた。

彼は見た目以上に筋肉があるおかげか基礎《きそ》代謝量が多いらしく、ひいては体温が高い。

よって彼にくっつくだけで暖を取れる優《すぐ》れもの……ならぬ優れ人だった。

(これで犯人が引っかかってくれるといいけど、もし網《あみ》にかからなかったら、今広まっているサラ様の評判を利用するしかないかしら。私たちの一番の目的はサラ様の奪還《だっかん》だし。ただ……個人的には気が進まないのよね、サラ様の評価を下げるのは)

あんなに健気《けなげ》で優《やさ》しい人を嘘《うそ》でも貶めるのは、心が痛い。

逆に、だからこそ祖国で評判の悪い自分の役目かもしれないとも思った。悪役になるのは、やろうと思えばできる。

(両手に花《トリツキー》で乗り切れる気がする)

あの美しさと毒々しさを兼《か》ね備《そな》える有毒植物《トリカブト》は、広くその危険性が知れ渡《わた》っているおかげで楽に相手を脅《おど》せるのだ。

祖国にいた頃《ころ》、それでよく兄の騎士から逃《に》げていた。

「何か考え事かい？」

そう声を掛《か》けられて、隣のウィリアムを視線だけで見上げた。

どうしてわかったのかと不思議そうなフェリシアの空気を感知したのか、彼がぎゅっと手を握《にぎ》ってくる。

「さっきからこうやって、私の手を握ったり開かせたりしていたから」

言われて初めて自分の奇行《きこう》に気づいた。慌《あわ》てて放そうとしたら、彼がその手を引き止めてくる。

「寒いのは好きでも嫌《きら》いでもなかったけど、君がこんなふうに私を頼《たよ》りにしてくれるから、今日から好きになれそうだよ」

こてんと、彼がフェリシアの頭に寄りかかってきた。そのせいで動けなくなって、頬《ほほ》に滲んだ照れを隠《かく》せない。

「その、寒いのは、苦手でして」

「うん。それなら仕方ないね」

「そうなんです。寒いと、温《ぬく》もりが恋しくなりますよね」

「そうだね。……シャンゼルの気候って、どうしたら一年中冬になるかな」

「やめてください」

そうこうしている間に着々と走り続けていた馬車は、目的地である王宮へと辿《たど》り着いた。

今日は敵の油断を誘《さそ》う作戦なので、馬車にはいつもどおりフェリシアとジェシカしか乗っていないふうを装《よそお》う必要がある。

そのため護衛を担《にな》う騎士三人は、それぞれ離《はな》れたところからこの馬車を護衛しており、また間違《まちが》ってもウィリアムが馬車から下りるわけにはいかない。

フェリシアはエスコートなしで馬車を下りると、待ち合わせ時間どおりにやって来たサラと共に再び馬車に乗った。

「お久しぶり。まさかこんな遠い国でサラと会うとは思ってなかったよ」

「久しぶりです、陛下」

「私もです。なんというか、すみません」

ウィリアムとフェリシアの向かい側にサラが座り、馬車が動き出す。

結局サラと出掛《でか》けるいい口実が浮《う》かばなかったフェリシアたちは、サラの婚約祝いのプレゼントを買いに行くという複雑な理由を人の口に乗せた《でまかせ》。

ただ、こういうとき人の想像力というものは凄《すさ》まじく、フェリシアたちの新婚《しんこん》旅行がこの時期なのは、グランカルスト王の婚約を祝うためでもあったのではないか、という臆測《おくそく》を生んだ。

本当は全くの偶然《ぐうぜん》だし、なんならフェリシアたちでさえ青天《せいてん》の霹靂《へきれき》である婚約話だったが、結果しか知り得ない貴族には過程がどうかなんてどうでもいいことだろう。

けれどそのおかげで、この取って付けたようなお出掛けの理由もすんなりと受け入れられたのだから、世の中何がどう転ぶかはわからないものである。

「でも、あの義兄上《あにうえ》がよく許してくれたね？　このまま連れて帰られる可能性を考えない人ではないと思うけど」

馬車が行きよりもガタゴトと揺《ゆ》れながら走る。

「それが……たぶん怪《あや》しまれてはいたと思うんですけど、特に何も言われなかったんですよね。ため息はつかれましたけど」

「へぇ？　何かしでかしそうな人物に心当たりはあってため息をついたけれど、何をするつもりかわからなかったのと、最悪国境で止められると判断して何も言わなかったってところかな」

「ウィルったら、お兄様に呆《あき》れられてるじゃありませんの」

「言っておくけどフェリシアのことだからね？」

「え？」

なんで私？　と本気で不思議だったけれど、ウィリアムはそれ以上この件について言及《げんきゅう》するつもりはないようだ。

馬車の小窓にはカーテンがかかっており、端《はし》をつまんだウィリアムが外の様子を窺《うかが》っている。

王宮と王都を繋《つな》ぐ道は主に二つあり、公道と呼ばれる整備された大きい道と、小さな森を抜《ぬ》ける裏道がある。

公道は行事のときに使われたり、一部観光用に開放されている王宮への道として一般人《いっぱん》が使ったり、官人の出勤時にも使われたりしている。

対して裏道は、王侯《おうこう》貴族のお忍《しの》び用の道だ。主に王族が使っているらしいが、フェリシアが王宮を抜け出していたときはこのどちらでもない荒道《こうどう》を使っていた。でなければ、抜け出していることがバレてしまうからだ。裏道は公然の秘密のような道で、意外と人が通るのだ。

よって、今は裏道を使って王都へ向かっている。

理由は二つ。

まさか公道で事を起こすわけにはいかないからと、公道では相手も襲《おそ》ってくれないだろうとの考えからだ。

正直に言うと、ここまであからさまな罠《わな》に敵が引っかかってくれるのかと心配していたフェリシアだったが、その懸念《けねん》は馬車が急停止したことで払拭《ふっしょく》された。

魔物が出たときの合図として決めていたノックが三回、御者《ぎょしゃ》から鳴らされる。

ウィリアムが馬車の扉《とびら》を開けた。颯爽《さっそう》と降りていく背中を見送る。サラが隣《となり》に移動してきて、前もって指示されていたとおり二人一緒《いっしょ》に馬車に残った。小窓からちらりと覗《のぞ》いた外には、さっそく魔物と応戦しているウィリアムたちが見える。

「フレデリクもいるんですよね？」

サラがフェリシアの方へ身を乗り出してきて、窓の外を確認《かくにん》する。フレデリクを視認したのか、元の位置に戻《もど》った彼女が胸元でぎゅっと両手を握った。

それは、世界が変わっても変わらない祈《いの》りのポーズ。フェリシアにもサラの気持ちが痛いほどわかる。大切な人の無事を祈らずにはいられないのだ。

この作戦を考えた当初は、サラもフェリシアも、王宮内で敵に接触《せっしょく》してもらうことを想定していた。だから敵も派手な動きはしないだろうと目論《もくろ》み、自分たちでも対処できると判断したのだ。多少は兄の騎士《きし》に力を借りるつもりではあったけれど、誰《だれ》かにその対処を丸投げするつもりはなかった。

けれど、作戦が変更《へんこう》となり〝外〟まで誘《おび》き出すとなったとき、ウィリアムから魔物《まもの》に襲われる可能性が高いことを告げられ、必然的に戦力外通告を受けた。

自分の考えた作戦で大事な人たちを危険に晒《さら》しているのだから、祈らずにはいられない。自業自得《じごうじとく》だからこそ、彼らを信じて大人しく待つ必要があった。

(飛び出しちゃだめ。絶対に)

外では激しい戦闘《せんとう》を思わせる音が続いている。獣《けもの》の雄叫《おたけ》び。怒号《どごう》。打撃《だげき》音。

それでも加勢のために外へ出てはいけない。足手まといになるのは想像に容易《たやす》いのだから。もし二人が外に出てしまえば、ウィリアムとフレデリクの気が散ってしまうのは明らかだった。

「フェリシアさん、外、静かになりました?」

「……ですね」

馬車の壁《かべ》に耳をつけて確認してみたら、獣の雄叫びも怒号も何も聞こえなくなっていた。

カーテンをそっとめくってみて外の様子を窺おうとしたとき、馬車の扉が前触《まえぶ》れなく開《ひら》く。思わずサラと互《たが》いに身を寄せ合った。

ウィリアムかフレデリクか、それともライラかゲイルか。

魔物が扉を開けるなんて芸当はできないはずだと頭ではわかっていても、心臓がドキドキするのは止められない。

しかし、全開した扉には、予想していたどの人物でもない、ましてや魔物でもない、目を見開き驚《おどろ》いた様子を見せる子どもがいた。

「だ、だれ？」

男の子が警戒《けいかい》するように問うてくる。髪《かみ》は伸《の》び放題で痩《や》せ気味だが、見た目は六歳くらいに見える。フェリシアたちも予想外のことにすぐに言葉を返せない。

ただ、服にも肌《はだ》にも土汚《つちよご》れが付着しているボロボロの状態を見て、考えるより先に手を伸ばしていた。

「早く中にっ」

フェリシアが少年を抱《かか》えると、サラが馬車の扉を閉める。

静かになったとはいえ、戦闘が終わったならウィリアムたちが声を掛《か》けてくれるはずなのだ。それがないということは、まだ終わっていない可能性がある。そんなところに子どもを放置することなんてできない。

けれど、そこでふと疑問が浮かんだ。

——なぜこんなところに、子どもがいるのだろう。

この道が公然の秘密といえども、それは王侯貴族にとっての公然だ。

とても貴族の子どもには見えない身なりのこの少年は、なぜこんな何もない森の中にいるのか。

「フェリシアさん！」

サラが叫《さけ》んだのと、フェリシアがそれに気づいたのは同時だった。反射的に少年を突《つ》き飛ばしたが、彼の鋭《するど》い爪《つめ》が腕《うで》を引っ掻《か》く。

馬車が大きく揺れた。少年の身体《からだ》から瘴気《しょうき》が溢《あふ》れてくる。

「サラ様、外に逃《に》げて！　早く！」

扉のすぐ近くにいたサラを外へ逃がす。外の喧騒《けんそう》が復活した。扉が開いた際に耳に届いたのは、ゲイルの「こいつら復活するタイプっすか⁉」という叫び声。

（最悪だわ）

フェリシアは知っている。魔物が倒《たお》しても倒しても完全には倒れてくれないその現象を。

初めてそれを目《ま》の当たりにしたのは、フェリシアを憎《にく》む姉が瘴気に取り憑《つ》かれ、その瘴気を糧《かて》に魔物が復活したときだ。

一度は静かになった外。急に身体から瘴気が溢れ始めた少年。そして、再び始まった戦闘の気配。

（タイミング的に、この子が原因よね）

狭《せま》い馬車の中で睨《にら》み合う。後ろには座席があって退けない。少年が理性を失《な》くしたように飛びかかってきた。

「……っ」

間一髪《かんいっぱつ》で扉の方へ避《よ》けられたが、このまま外に出るか悩《なや》む。それよりも、ここで少年を浄化《じょうか》させたほうがいいように思えた。

（幸い常備している二回分の浄化薬があるわ。今使っても一回分は残るし、これを飲ませられれば）

ペンダントから浄化薬を取り出しているときに少年が再び襲い来る。身長差があるからか、腰《こし》に突撃《とつげき》されて座席へと押し倒された。そのまま布越《ご》しに太ももに噛《か》みつかれて、痛みに息を詰《つ》める。

これでは浄化薬を飲ませたいのに力が入らない。

子どもだからと手加減している場合ではない。

「フェリシアっ！」

そのとき、救世主のごとくウィリアムが現れた。サラが呼んでくれたのだろうか。

彼はすぐに状況《じょうきょう》を把握《はあく》すると、フェリシアに噛みつく少年に手刀を入れて一瞬《いっしゅん》の意識を奪《うば》い、無理やり引き剝《は》がした。

「人の妻にいい度胸だ。子どもでも許さないよ」

本当に容赦《ようしゃ》なく床面《ゆかめん》に押さえつけて、暴れる少年の鼻を塞《ふさ》いだ。それは何も危害を加えるためではない。フェリシアは言われずとも彼の考えを読んで、少年が酸素を求めて開けた口の中に浄化薬を放《ほう》り込んだ。

苦痛に暴れる少年をウィリアムが押さえ続けていたが、やがて力尽《ちからつ》きたように大人しくなる。

荒《あ》れた呼吸を整えようと、長い息を吐《は》き出した。

「フェリシア、足を見せて」

少年から瘴気が消えたことを確認したウィリアムが、すぐさまフェリシアの許《もと》に近寄ってきた。

瘴気のせいで鋭くなっていたのか知らないが、少年の歯は服の布を貫通《かんつう》し、その下の肌が見えている。激痛を感じているので、服を脱《ぬ》いで患部《かんぶ》を見なくても、まあ酷《ひど》いことになっているだろうなと冷静に分析《ぶんせき》できた。

「いいえ、大丈夫《だいじょうぶ》ですわ。気にしないでください」

やんわりとウィリアムを拒絶《きょぜつ》したのは、見せたあとの彼の反応が簡単に想像できたからだ。

それに、ここは祖国。しかも王宮周辺のことならば、よく抜《ぬ》け出していたフェリシアはそれなりに詳《くわ》しい。大丈夫という言葉にはちゃんと根拠《こんきょ》もあった。

(この森にはヨモモちゃんが自生してるのよね。ちょっと拝借して止血すれば問題ないわ)

まさしくヨモモちゃんが大活躍《だいかつやく》の『ヨモモちゃん大作戦』である。

ヨモモちゃんことヨモギは、止血するには打ってつけの薬草なのだ。

この森は森というには小さすぎて、貴族が通っても問題ないくらいに不気味さとはかけ離《はな》れている。つまり日当たりが良く、冬でも枯《か》れずに年を越《こ》すヨモギが多く生えているのだ。

加えて、作戦を実行するにあたって、誰であれある程度の怪我《けが》はするだろうと想定していた。残念ながら薬草をすぐに揃《そろ》えることはできなかったけれど、ガラス瓶《びん》に入れた水と包帯だけは準備してきている。

(どんな傷も、まずは洗い流さないと始まらないものね。持ってきて良かったわ)

これぞまさしく『備えあれば憂《うれ》いなし』だ。

全部が片付いたら手当てをしようと、他《ほか》のみんなの様子を窺《うかが》うために立とうとしたところ、諦《あきら》めていなかったウィリアムが急にワンピースの裾《すそ》をめくってきた。

止める間もないまま彼は患部を露《あら》わにすると、その惨状《さんじょう》にフェリシア以上のショックを受けたらしい。

座席に寝《ね》かせていた少年に殺気を向けたので、慌《あわ》てて彼の腕を掴《つか》んだ。

「違《ちが》うでしょう、ウィルっ。悪いのはその子じゃありません！　それより魔物《まもの》はどうなってます？」

ウィリアムは今までに見たことがないほど厳しい顔を見せ、何か言いたげにフェリシアを見つめたまま動こうとしない。

そんな彼の手を、宥《なだ》めるように両手で包み込む。

「ウィル。この怪我は私の自業自得《じごうじとく》のようなものです。あなたが自分を責める必要はありません。それよりみんなが心配です。魔物は――」

「終わってる」

絞《しぼ》り出すような声だった。

伝えられた結果に胸《むね》を撫《な》で下ろしつつ、フェリシアは俯《うつむ》くウィリアムの顔を覗《のぞ》き込む。

自分より辛《つら》そうな表情をしているものだから、不謹慎《ふきんしん》にもちょっとだけ笑ってしまった。

自分を責める必要はないと言ったところで、彼は納得《なっとく》しないらしい。フェリシアにもその気持ちが理解できてしまうから――これが逆の立場だったら同じように気にするだろう

――うーんと考えてから口を開いた。

「じゃあ一つ、お願いをしてもいいですか？」

フェリシアはヨモギの特徴《とくちょう》を伝えると、採ってきてほしいとウィリアムに頼《たの》む。彼は理由も問わずにすぐさま採りに行こうとしたが、その前にライラとゲイルを呼び寄せた。二人とも目立った怪我はなく、人知れず安堵《あんど》の息を吐く。

ウィリアムはゲイルに少年を預けると、ライラにフェリシアのそばにいるよう厳命した。

ライラもフェリシアの怪我を見た瞬間《しゅんかん》いつもの無表情を思いきり崩《くず》したけれど、なんとか落ち着かせた。

自分の周りには優しい人が多すぎて、こういうときは少しだけ困ってしまう。みんな、守れなかった責任を感じて自分を責めてしまうから。

（だからなるべく怪我をしないように気をつけてはいたけど、今回のは完全に想定外だったわ）

まさかここで子どもが出てくるとは思わなかった。事件の犯人があの子どもとは到底《とうてい》思えない。つまり、犯人側は子どもを容赦なく利用する人間だということだ。

（許せない……！）

内心で怒《いか》りを滾《たぎ》らせながら、ライラに訊《たず》ねる。

「そういえば、予想どおり魔物には襲《おそ》われたけど、肝心《かんじん》の犯人はいた？」

「いました。木陰《こかげ》で震《ふる》えているところをフレデリクが発見、確保済みです」

「震えて……？」

なんで犯人が？　と思ってすぐ、一番に見つけたのがフレデリクならありえると考え直す。

この森で自分たちを襲った時点で、サラに危害を加える気満々だったのだ。そんな相手をあのフレデリクが見逃《みのが》すはずもなく、その怒りに触《ふ》れて恐《おそ》れたのなら震えもするだろうと納得した。

――が。

「何やらずっと『こんなはずじゃなかった』と呟《つぶや》いているので、まんまと罠《わな》にはまったことがショックだったのではと思われます」

ライラがどうでもよさそうに答える。予想とは異なる理由で震えていたらしい。フェリシアの怪我を見たときの彼女の反応との落差に、つい苦笑《くしょう》してしまったのは仕方ない。

フェリシアはライラに頼み込み、犯人の許まで連れて行ってもらった。もちろん最初は渋《しぶ》られたので、遠目で構わないからと粘《ねば》って。

ライラの肩《かた》に摑まって、馬車から外へ出る。

フレデリクとサラが一人の男の前で何やら悩《なや》んでおり、おそらくその男が確保した犯人だろうと当たりをつけた。

「サラ様、フレデリク様。その方、気絶してるんですか？」

「フェリシアさん！　ご無事でしたか⁉　すみません、陛下を呼んだあと戻《もど》れなくてっ」

「気にしないでください。なんとなく事情はわかってますから」

あのフレデリクが危険なところにサラを戻すはずがない。

「それより、その方って……」

サラとフレデリクの身体《からだ》で隠《かく》れていた顔が露わになる。フェリシアはその顔を知っていた。

建国記念パーティーでフェリシアに絡《から》んできた男だ。となると、あのとき声を掛《か》けてきたのは、彼にとっては敵情視察のようなものだったのかもしれない。

あのときはまだ瘴気《しょうき》も漏《も》れ出ていなかったけれど、なんとなく嫌《いや》な感じがしてさっさと逃《に》げたいと思ったものだ。そのときはウィリアムが救い出してくれたのだが、救い出してくれて本当に良かったと改めて感謝する。

「この方、お名前は確か、ルドヴィック・アドラー様でしたわね。お父様が伯爵《はくしゃく》、ご自身も男爵位をお持ちの」

「さすがフェリシアさん！　ご存じだったんですね。おかげでこの人の正体はわかったんですけど、その、動機とかはまったくで……」

「？　吐《は》かせてから連れて行く予定だったと思いますけど」

そう。本当は、素性《すじょう》や動機を白状させてからアイゼンの許《もと》へ差し出す算段だった。そしてルドヴィックは完全に気絶しているので、とっくに白状させたあとだと思っていたのだが。

「えーっと、それがですね、吐かせる前にフレデリクが倒《たお》しちゃいまして」

なぜか昏倒《こんとう》させた本人よりも、サラのほうが気まずそうに話す。

「申し訳ありません。この男がサラ様に襲いかかろうとしましたので、やむなく気絶させました」

さっきはライラの温度差に苦笑したけれど、サラとフレデリク、この二人の温度差も結構酷い。

頭を抱《かか》えた。

「まずいですわね。状況《じょうきょう》からしてこの方が犯人である可能性は高いですけど、これだと襲《しゅう》撃《げき》の犯人にはできても、お兄様の前で獣害《じゅうがい》まで白状してくれるかは怪《あや》しいですわよ」

「では叩《たた》き起こします」

「私も手伝います」

フレデリクとライラの騎士《きし》二人が真顔で言う。清々《すがすが》しいほど遠慮《えんりょ》がない。

けれど、二人がそうなっているのは自分たちのせいであることを自覚しているため、サラと二人して困り顔になる。

「――待て」

そのとき、フェリシアの頼みで薬草を探しに行っていたウィリアムが戻ってきた。

「起こすなら王宮でいい。フェリシア、瘴気も浄化《じょうか》していないね？」

「え、ええ。そういうお話でしたから」

「ありがとう。じゃあ今はそのままで」

「いいんですか？」

ウィリアムならその短い問いだけでフェリシアの言いたいことはわかっているはずだ。

それでもなお、彼は問題ないと適当な笑みを貼《は》りつける。

「ここで尋問《じんもん》しなくても、かかったのは犯人候補の一人だった男だ。確定したも同然だよ」

「犯人候補？　いつのまにそんな候補を挙げていたんですの？」

聞いてない、と思わず責める口調になってしまった。

「瘴気憑《つ》きの可能性が出たときにね。といっても、候補の根拠《こんきょ》が弱くて、あまり当てにできなかったんだ。まあとにかく、その男は王宮で起こしたほうがきっと面白《おもしろ》いものが見られるだろうから、今はそんな男のことよりも君の手当てが優先だ」

流れるように横抱《よこだ》きにされて、馬車へと運ばれる。最近はこうして運ばれることが増えたからか、羞恥心《しゅうちしん》で抵抗《ていこう》するより彼の首に腕《うで》を回すほうが安全だと覚えたフェリシアだ。

馬車のあった場所に到着《とうちゃく》すると、ウィリアムにはこちらを見ないよう強く言い聞かせてから、フェリシアはまず傷口を水で洗い流した。見ないでと言ったのは、彼にまた罪悪感に塗《まみ》れた顔をさせないためだ。

次に馬車の中へ戻って残りの応急処置を施《ほどこ》していく。

外で待たせているウィリアムが、扉越《とびらご》しにフェリシアに話しかけてきた。

「痛む？」

「痛くないと言えば嘘《うそ》になりますけど、それほどじゃありませんわ」

「君は強がるから、どこまで信じていいのかわからないな」

「大丈夫《だいじょうぶ》です」

もう一度伝えると、外から彼のため息が聞こえてきた。

「わかったよ、信じる。――それでだけど、この襲撃で二つ判明したよ」

「二つ？　獣害の犯人が誰《だれ》かということ以外にも、ですか？」

「ああ。今回の犯人はこんな見え透《す》いた罠にかかってくれたからね。つまり、アルフィアスのことは私の考えすぎだったみたいだ」

そう言われてハッとする。手当てしている自分の手が無意識に止まった。

以前頭に引っかかった彼の言葉が、脳裏《のうり》に蘇《よみがえ》る。

――〝これだと逆に隙《すき》を与《あた》えすぎることになるけど、そのほうが都合はいい〟

フェリシアの作戦に訂正《ていせい》を加えるとき、彼がそう言った。何の都合がいいのだろうとは謎《なぞ》だったけれど、彼にとって都合のいいこととは、おそらくアルフィアスのことだったのだ。

アルフィアスならこんな簡単な罠にはかからない。ゆえに、罠にかかる程度の犯人ならアルフィアスとは無関係であり、やはり彼はあのときに消滅《しょうめつ》したことで間違《まちが》いないと判断できる。

（そういうことだったのね。どうりでウィルがこの作戦を止めなかったわけだわ）

この作戦は、考えれば考えるほど敵が襲ってくれるかが不安だった。でもウィリアムが決行すると決めたなら大丈夫だと、慰《なぐさ》めるように自分に言い聞かせていた。

彼が最終的にこの作戦を止めなかったのは、フェリシアでは考えつかないような狙《ねら》いをその中に潜《ひそ》めさせていたからだったのだ。

（やっぱり、ウィルには敵《かな》わないわ）

人知れず笑みをこぼす。夫婦《ふうふ》どちらもが相手のことをそう思うなんて、なんだかおかしかった。

「フェリシア、手当ては終わった？」

「ええ、もう大丈夫です」

馬車の扉《とびら》が開く。ウィリアムが優しく抱《だ》きしめてきた。

「ごめんね、守りきれなくて。でも、またあいつに狙われているわけじゃなくて、本当に良かった……」

珍《めずら》しく彼がしおらしいのは、アルフィアスが彼にとってトラウマ的な存在だからだろう。フェリシアが思っていた以上に、彼はアルフィアスの関《かか》わりを気にしていたのかもしれない。

「心配してくれてありがとうございます、ウィル。――ところで、もうほとんど日が沈《しず》んでますね」

「そうだね」

「舞踏《ぶとう》会は何時からでしたっけ」

「八時頃《ごろ》だったかな」

「ですわよね!? まずいですよっ。急いで戻らないと!」

着替《きが》えて準備をして――とやっていたら、完全に遅刻《ちこく》である。

悠長《ゆうちょう》に構えるウィリアムや待たせていたみんなを促《うなが》して、フェリシアは馬車を急がせた。

第六章 ❁❁ 意外な幕引きです

そろそろ通い慣れてきた王宮の玄関《げんかん》アプローチには、今宵《こよい》開かれる舞踏会のため、権威《けんい》を示すように紋章《もんしょう》を刻んだ豪華《ごうか》な馬車が列を成して――おらず、すでに閑散《かんさん》としていた。

完全な遅刻である。

ただ、サラが一緒《いっしょ》にいる限り、彼女とアイゼンの婚約《こんやく》が発表されることはないはずだ。あのアイゼンといえども、さすがに相手のいない状態で発表するほど非常識ではないだろう。

馬車から降りたフェリシアたちは、王宮で仕えている使用人の出迎《でむか》えなしに中へと進んでいく。

今回も建国記念パーティーと同じメンバーで参加することになったが、フレデリクのパートナーはサラだ。ライラは不参加で、ゲイルと共に時が来るまで待機させている。

「とりあえず会場に向かいましょう。お兄様が非常識なことをするとは思えませんが、常識人かと訊《き》かれると微妙《びみょう》な人なので」

逸《はや》る心のままに足を急がせたいフェリシアだったが、パートナーのウィリアムがいつも以上にゆっくりと歩くのでつい文句が口から出た。

「なんでこういうときに限って遅《おそ》いんですかっ。足の長さからしてもっと速く歩けますわよね!?」

ウィリアムが泰然《たいぜん》とした笑《え》みを浮《う》かべる。

「フェリシアが褒《ほ》めてくれるなんて嬉《うれ》しいな」

「今はそういうこと言ってませんから！」

ただただ急いでほしいだけだ。サラの婚約が公言されたら打つ手はないと、そう言ったのは彼なのに。

もう置いていこうかしらと考え、組んでいた腕を彼から放そうとしたとき。

「だめだよ、フェリシア。パートナーと一緒じゃないと入れないよ？」

「でしたら……っ」

「フレデリクをごらん。当事者なのに君より落ち着いている。ね？」

ウィリアムが後ろに流した視線を辿《たど》るけれど、その先にいたフレデリクとサラのペアは、こちらはこちらで何か他人にはわからない攻防《こうぼう》が起きているらしく、サラが必死にフレデリクの腕にしがみついていた。

「あれ、落ち着いてますの？　今にも乗り込みそうな猛獣《もうじゅう》をサラ様が止めているようにしか見えませんけど……」

「フェリシアの気のせいじゃない？」

そんな馬鹿《ばか》な、と半目で睨《にら》み上げた。

けれどウィリアムは素知らぬ顔でフェリシアの手を取ると、再び自分の腕に絡《から》めさせる。

そうして、やはりゆったりと歩を進める。

やっと会場に辿り着いたときには、もうすでにワルツが流れていた。大広間《ホール》の中心では、舞踏会の雰囲気《ふんいき》に慣れてきた男女のペアが楽しくダンスを踊《おど》っている。

フェリシアはすぐに兄の姿を探すが、なかなか見つからない。金髪《きんぱつ》の人間なんてたくさんいる。王族用に用意されている椅子《いす》は空席だった。

ならダンス中かと思い、もう一度目を凝《こ》らしてホールの中心を隈無《くまな》く探す。無愛想な兄だが、社交は仕事と割り切ってするタイプだ。もちろんウィリアムのように微笑《ほほえ》みの欠片《かけら》も見せないけれど、それが受ける層には受けるらしい。

が、やはり見つからない。

代わりに、というわけではないけれど、従兄《いとこ》のテオドールは見つけた。彼の隣《となり》には小柄《こがら》でかわいらしい女性がいる。今夜のパートナーだろうかと思いはするけれど、今はそれよりも兄の発見が最優先である。

「ウィルも探してくださいませ。どこにいますの、あのツンデレはた迷惑《めいわく》お兄様は」

「そこにいるよ」

「え⁉」

灯台下《もと》暗しとはこのことか。いや、ちょっと違《ちが》う気もするけれど、とにかく少し離《はな》れた隣にいたことに驚《おどろ》く。

優雅《ゆうが》に奏《かな》でられる曲と歓談《かんだん》の声に紛《まぎ》れていたが、兄を囲むように人だかりができていた。兄の身長などあまり気にしたことはなかったけれど、人に囲まれていてもその位置が把握《はあく》できたので背は高いようだ。このときばかりはそれをありがたく思う。

いざ突撃《とつげき》しようとしたとき、兄に張りつく人々の声が足を止めさせた。

「陛下、あのお噂《うわさ》は真《まこと》なのでしょうか」

「陛下がついに婚約者様をお迎《むか》えになるとか」

「ご冗談《じょうだん》ですわよね？　だって、どの貴族の家にもそんな話は上がっていないと伺《うかが》っておりますのよ」

それは言外に、本当に聖女とやらと婚約するつもりですか、と追及《ついきゅう》している。

なるほど、とフェリシアは思った。兄が囲まれているのは、噂の真偽《しんぎ》を本人に問うためらしい。

普段《ふだん》なら相手の出方を窺《うかが》うような慎重《しんちょう》さを持つ貴族も、ここ最近ずっと流れている噂の決着を早々につけたいように見える。

それはおそらく、その真偽によって自分の家の出方を決めなければならないからだろう。

王妃《おうひ》の座を狙っている家の中には、その椅子を早々に諦《あきら》めて他《ほか》の有力候補を見繕《みつくろ》おうと考えている家もあるはずだ。

それだけ兄の結婚《けっこん》に関する事柄は、周囲に影響《えいきょう》を及《およ》ぼす。

若干面倒《じゃっかんめんどう》くさそうな表情を隠《かく》さないアイゼンが、ふと視線を横に向けた。思いきり目が合って、そのまま兄の視線がついとフェリシアの後ろへ動く。

ますます渋面《じゅうめん》を形作った兄が、人垣《ひとがき》を掻《か》き分けて動き出した。

すると、王の行く手を阻《はば》まないようどんどん道が開《あ》いていく。

そのときには兄の目指す場所がどこなのかわかったフェリシアは、自分の後ろにいるサラへの道を塞《ふさ》ぐように兄の前へ進み出た。

「余の道を阻むとは……シャンゼルの王妃は随分《ずいぶん》と怖《こわ》いもの知らずのようだ。手綱《たづな》は握《にぎ》っておいてもらわないと困るのだが、ウィリアム殿《どの》」

しかしウィリアムは仮面の笑みを深めるだけで、特に何も発言しない。

代わりに頑張《がんば》れと応援《おうえん》するように背中を押してくれた。

「お兄様――いえ、グランカルストの国王陛下にご挨拶《あいさつ》申し上げます。今、少しだけお時間よろしいでしょうか？」

兄は片眉《かたまゆ》を上げると、かしこまったフェリシアを訝《いぶか》しげな瞳《ひとみ》で見下ろしてくる。

沈黙《ちんもく》は肯定《こうてい》というわけではないけれど、先を促されているような気がした。

「先日は建国記念パーティーに招待いただきありがとうございました。本当はあのパーティーでお礼をお伝えしたかったのですが、なぜか陛下の許《もと》には辿り着けなくて」

うふふ、と片手で口元を隠しながらゆったりと微笑む。

逸る気のままに色々と話してしまいたい衝動《しょうどう》に駆《か》られるが、ここは舞踏会《ぶとうかい》の場。アイゼンとフェリシアたちの攻防を何も知らない貴族が大勢いる。

ここからは魔物《まもの》と対峙《たいじ》したときのような純粋《じゅんすい》な戦いではなく、王侯《おうこう》貴族流の闘《たたか》い方でもって相手を完封《かんぷう》しなければならない。

フェリシアは、手始めに前回のパーティーでアイゼンが自分たちを避《さ》けたことを追及した。

そしてその意図をちゃんと読み取ったアイゼンが、まるでフェリシアからの挑戦《ちょうせん》を受けて立つとでも言うように意地の悪い笑みで答えた。

「礼などよい。あのパーティーに貴殿《きでん》らを招待したのは、余のパートナーを自慢《じまん》するためだった。我が国ではとても珍《めずら》しい者でな、興味を持った貴族たちが集まってきて大変だったのだ。辿り着けなかったのはそのせいだろう。——で？　その余のパートナーを背中に隠して、どういうつもりか、シャンゼルは」

「まあ、隠すだなんて。勘違《かんちが》いなさらないでくださいませ。わたくしたちは、陛下のパートナーの方を無事にここまで送り届けただけですわ」

「ほう？　では、道を空けてくれると？」

フェリシアは困った顔を作る。もちろんわざとだ。

「ええ、それは構いませんが……ただ……」

本心は道を譲《ゆず》る気など全くないけれど、それをおくびにも出さず、言い淀《よど》むフリをする。

ちら、と窺うような視線をアイゼンに流せば、フェリシアの思ったとおりに若干イラついた様子を見せるアイゼンが続きを促《うなが》してきた。

「なんだ。何かあるなら早く言え」

「陛下がそう仰《おっしゃ》るなら……華《はな》やかな場に水を差すようで恐縮《きょうしゅく》ですが、実はここへ来る途中《とちゅう》、陛下のパートナーであるサラ様を狙《ねら》った暴漢に襲《おそ》われましたの。もちろん全力でお守りしましたのでサラ様に怪我《けが》はございませんが、陛下の大切な方のことですもの。無事だったからといって何もお伝えしないのは今後のためにも良くないと思い、こうしてお時間を頂戴《ちょうだい》した次第《しだい》ですわ」

聞き耳を立てていた貴族たちが騒《ざわ》めき出す。まあ怖い。陛下のパートナーを狙った？なんて命知らずな。いったい誰《だれ》が――？

聞こえてくる囁《ささや》き声に、フェリシアは内心で「よし」と拳《こぶし》を握った。摑《つか》みは上々だ。

――さあ、お兄様。これで交渉《こうしょう》よ！

表面上はお淑《しと》やかに、あくまで『王のため』という体《てい》を繕《つくろ》って。

「それで、肝心《かんじん》の襲撃《しゅうげき》犯ですけど、我々が捕《つか》まえたとしてもここは他国でしょう？　グランカルスト側で対処していただけないかと思い、そのまま連れてきてますの。いかがなさいます？」

会場はすっかりフェリシアのペースだ。誰も無粋《ぶすい》な声を上げる者はいない。

もしかしたら、それは建国記念パーティーでのフェリシアの振《ふ》る舞《ま》いも加味されているのかもしれない。

あのとき、元とはいえ宰相《さいしょう》を打ち負かしたシーンは、この場の貴族の心にしっかりと残っているのだ。おかげで変な横槍《よこやり》も入らなくて大変やりやすい。

この空気感なら、アイゼンは確実にフェリシアの申し出に乗ってくれるだろう。

――場を制する者が人を制す。

たぶん前世で聞いた格言だかことわざだか覚えていない言葉を思い出しながら、フェリシアはアイゼンの言葉を待った。

そして。

「よかろう。その不届き者をここへ。全《すべ》て鵜呑《うの》みにするわけにもいかないからな。余が直接話を聞こう」

待っていた言葉を引き出せて、フェリシアは意気昂然《こうぜん》とライラとゲイルを呼んだ。

二人が両脇《りょうわき》を固めるように連れてきた男を目にして、グランカルスト側の貴族がどよめいた。

「その男、見覚えがあるな。確かアドラー伯爵《はくしゃく》家の長男だったか。意識がないようだが？」

「暴れられましたので気絶させただけですわ。今起こしますので、少々お待ちくださいませ。――ゲイル、お願い」

「はいはーい。じゃあお目覚めの時間です、よっと」

ゲイルの手刀が綺麗《きれい》に入り、気絶していたルドヴィックがハッと覚醒《かくせい》した。

一応両手は縄《なわ》で拘束《こうそく》しているし、ゲイルが跪《ひざまず》かせるように背中を押さえてもいるので、いきなり襲いかかってくることはないだろう。

それに、今の彼は自分の置かれている状況《じょうきょう》を把握するのに忙《いそが》しそうだ。

ただその身体《からだ》からは、まだ瘴気《しょうき》が立ち上っているのが視《み》える。

さてさっそく自白を促す質問でもしようかなと意気込んだとき、ルドヴィックの困惑《こんわく》を映した瞳がアイゼンを捉《とら》えて止まった。

「陛下……」

アイゼンはそんな彼を冷めた目で見下ろしている。懐《なつ》かしい。自分が兄から嫌《いや》がらせを受けていると思っていた頃《ころ》は、よくこの無感情な瞳と相対した。

何も映さない。映さないからこそ、自分への無関心さを突《つ》きつけられているような錯覚《さっかく》に陥《おちい》る瞳。

そのときだ。

「へ、陛下っ。これは……これは違《ちが》うのです！　僕はただ、陛下のお役に立ちたくて、それで……っ」

後ろめたいことをしている者ほど訊《き》いてもいないことを喋《しゃべ》ってくれることがあるけれど、今のルドヴィックはまさにそれだった。

フェリシアたちを襲って捕まって、そこで気絶させられたままここに連れて来られた彼は、いまだにあの森の中で見せた混乱の中にいるのだろう。

「それで、なんだ？　何をした？」

「それで、陛下の邪魔《じゃま》をする者を、ただ始末しようとしただけなんですっ！」

周りが見えていないルドヴィックは、その発言が周囲にどう受け取られるのかまるで理解できていない。

自白させるにはちょうどいい状態だと思ったのか、アイゼンは彼を否定することなく質問を重ねた。

「では、たとえば誰を始末してくれるんだ？」

ともすれば優《やさ》しげな声音《こわね》に、ルドヴィックの顔が焦燥《しょうそう》を帯びたものから一転して輝《かがや》き始める。褒《ほ》めてほしくて自分の成果を披露《ひろう》する子どものような態度に、彼がどれほど瘴気に侵《おか》されているのかが窺《うかが》い知れた。

これまでもそうだったが、瘴気というのは人の理性を徐々《じょじょ》に失わせていくものなのだろう。姉も、今は王太后《おうたいこう》となったウィリアムの母も。瘴気に侵された人々は、攻撃的《こうげき》になり、感情を暴走させやすく、暴走させてしまえば思いの丈《たけ》を口から勝手に吐《は》き出していくことが多かった。

そうして、わずかにも残っていた理性をやがて完全に手放すのだ。

「それはもちろん、フェリシア王女ですよぉ！　王が亡《な》くなったくせにしぶとく生き残っているトルニアも！　邪魔でしかないでしょう!?　何が女王だ！　女が国を治められるわけがない。我々グランカルストの一部にしてしまったほうが絶対にいい！　そのための準備はできてるんです。ですから陛下、僕をぜひ、ぜひ軍司令部の幹部にしてくださ い！」

ルドヴィックが希望の光に縋《すが》るように伸《の》ばした手を、アイゼンが足で乱暴に払《はら》う。

「余に触《さわ》るな」

それを信じられないとでも言いたげにルドヴィックは目を丸くしたが、すぐに現実を拒《こば》むように歪《いびつ》な笑い声を上げ始めた。

「ぅへっ、陛下、どうしたんです？　なぜこんな仕打ちを？　だって、陛下が望まれたことでしょうっ？　うまくトルニアを攻《せ》める算段をつけたら、僕を引き抜《ぬ》いてくれるって……陛下がそう言ったじゃありませんか!!」

会場中がしんと静まり返る。すでに曲は流れていない。参加者の誰もが会場の出入り口付近で繰《く》り広げられる騒動《そうどう》に注目している。

「陛下……へいかっ。なんで。なんで。なぜ。なぜだ。へいか。へい下っ。陛下ぁっ！」

ゲイルが押さえ込んでいるにもかかわらず、ルドヴィックは這《は》いずるようにしてアイゼンへと近づいていく。

ゲイルはどうしますかとウィリアムにアイコンタクトを送ったが、ウィリアムは特にゲイルには指示を出さず、アイゼンに向けてくすりと笑った。

「義兄上《あにうえ》、これほど熱烈《ねつれつ》なアプローチをしてくれる方も、なかなかいないと思いますよ？」

だめだ。彼は完全に面白《おもしろ》がっている。フェリシアは天井《てんじょう》を仰《あお》ぎたい衝動《しょうどう》を必死に抑《おさ》え込んだ。

まさかとは思うけれど、ルドヴィックを捕まえたときに自白させなかったのは、こういう展開を狙っていたからなのだろうか。

（あのときウィル、面白いものが見られるって言ってたけど、まさかここまで予想してな

いわよね？）

いやいや、まっさかぁ。と自分で自分にツッコミを入れながら頬《ほほ》をひくつかせた。もしそうだったとしたら、悪魔《あくま》というより、もはや神の領域ではないか。

「ねぇウィル、これも計算のうちなんですか？」

小声で訊《たず》ねた。

「いや？　さすがにここまで愉《ゆ》快《かい》な展開はね。今までのようにペラペラと事件のことを歌ってくれるんじゃないかとは思ったけど、義兄上が口説かれるところは想定外だよ」

彼の口端《こうたん》が心底愉《たの》しげにつり上がる。公《おおやけ》の場でこれほど素《す》を出す彼も珍《めずら》しい。

アイゼンはウィリアムの挑発《ちょうはつ》に一瞬《いっしゅん》だけ凄《すご》んできたが、すぐにルドヴィックへと視線を戻《もど》した。

「先ほど準備と言ったな。そなたはどんな準備をした？」

アイゼンから問いかけられたことで、意を得たりとばかりにルドヴィックの瞳《ひとみ》が煌《きら》めいた。

「魔物《まもの》です！　魔物を手に入れました！　あれはいい戦争の道具になります。僕の思いどおりに動かせる兵器です！」

「魔物か……。それは空想上の生き物だと思っていたが、そなたは実在すると言うのか？」

「ええ、もちろんです！　実際に奴《やつ》らを使って村や町を襲《おそ》わせました。最初はコントロールに苦労しましたけど、今では僕の思うまま！」

貴族たちに動揺《どうよう》が広がる。それはどれも嫌悪《けんお》を孕《はら》んでいた。

が、瘴気に侵されて正常な判断ができないルドヴィックは、それすら讃辞《さんじ》に聞こえたようだ。

「最初はオルカンの村。特定の範囲《はんい》だけ襲うよう命令しましたが、結局全部の農作物を荒《あ》らしてしまいました。これでは我が国まで襲いかねない。次にドバスの村、ディルハックの町、ロクスティアと、徐々に領土の広いところを使って実験したんです。そうして完成しました。僕の言うことだけを聞く兵器が！　あはっ、あはははっ」

「……なるほど」

アイゼンの吐いた息が長い。さすがにこのときばかりは兄を不憫《ふびん》に思う。

「その実験の中で我が国民も被《ひ》害《がい》に遭《あ》ったが、その点はどう考える？」

「陛下、それは必要な犠《ぎ》牲《せい》ですよぉ」

ルドヴィックが悪びれもなく答えた。

「兵器を完成させるためには、必要な犠牲だったんです。それに、中には純粋《じゅんすい》なグランカルスト人でない者もいました。僕が守るべきはグランカルストです。一度は我が国に負けた国の犬など、知ったことではありません！」

聞くだけで不愉快な話というのは実在するようだ。胸の奥がムカムカとしてきた。

過去の戦果によって領土を広げたグランカルストは、それだけ様々な民族が暮らしている。

ルドヴィックのようなグランカルスト人至上主義の人間は、いまだに一定数いる。

しかしおかしなことに、そういった者ほどさらなる領土の拡大を求めるのだから手に負えない。

たとえルドヴィックと同じ思想を持つ人間がいたとしても、会場中に蔓延《まんえん》しているこの不快感を前に、彼を援護《えんご》する者などいるはずもないだろう。

それはつまり、こんな騒動を起こしたフェリシアたちを咎《とが》める者も、誰《だれ》もいないということだ。

(もう、十分ね)

瞳を左から半周させたフェリシアは、近衛騎士《このえきし》の包囲網《ほういもう》が完成したことに気づく。

兄も幕引きの頃合《ころあ》いを感じとったのだろう。

それはウィリアムも同じで、彼はとても簡潔な命令を口にした。

「ゲイル、放せ」

少しの躊躇《ちゅうちょ》もなくゲイルがルドヴィックを解放する。

自由になったルドヴィックは喜びを表情に乗せたが、それも一瞬のことだ。

「確保」

アイゼンの命令に近衛騎士たちが一斉《いっせい》に動き出した。

ウィリアムは文字どおりルドヴィックを解放するためにゲイルをどかしたわけではない。

集まった近衛騎士がルドヴィックを確保しやすいように譲《ゆず》ったまでのこと。

「陛下っ？　これはいったい……なんで僕を捕《つか》まえるんですか!?　捕まえるなら、そこにいるフェリシア王女でしょう!?　グランカルストの王族のくせに、シャンゼルに寝返《ねがえ》った女ですよ!?　陛下っ。どうしてですか、陛下ぁー！」

バタン、と大広間の扉《とびら》が完全に閉められると、防音室にいるような静寂《せいじゃく》が訪《おとず》れた。

ちょっとやり過ぎたかもしれないと反省したフェリシアは、兄に声を掛《か》けようとした。

しかし、それを見透《みす》かしたように兄が身を翻《ひるがえ》す。

先ほどと同じように兄の進行方向に勝手に道が出来上がっていくと、それは玉座まで続いた。

フェリシアたちがいるところより高いその場所から、兄が声を張る。

「せっかくの舞踏会《ぶとうかい》に水を差したこと、余から皆《みな》に詫《わ》びよう。気分を害した者もいるだろう。代わりと言ってはなんだが、この陰鬱《いんうつ》とした空気を払拭《ふっしょく》する慶事《けいじ》を発表しようと思う」

今度は別の意味で会場が騒《さわ》がしくなった。まるで浮《う》き足立つような雰囲気《ふんいき》だ。

おそらく、今の兄の宣言で誰もが同じことを連想したに違《ちが》いない。

もともと今日の舞踏会は〝婚約発表《こんやく》〟が目玉だった。

いったい誰が王の婚約者に選ばれたのかと、参加者のほとんどが先ほどの騒動も忘れて王に注目している。

フェリシアが抗議《こうぎ》しようと一歩前に出るより先に、アイゼンが動いた。

「上がってこい」

そう言われて玉座のある場所までゆっくりと歩を進めたのは、もちろんサラではなく。

フェリシアもよく知っている、従兄《いとこ》のテオドールだった。

「まあ。あれはテオドール様ではありませんか」

「陛下と並んでご令嬢《れいじょう》の憧《あこが》れの貴公子だったのに、まさか、ついにあの方が？」

「う、嘘《うそ》よ。わたくし、陛下よりテオドール様を狙《ねら》っていたのよっ？」

「あなただけではなくてよ。陛下は高望みだと考える令嬢のほとんどがテオドール様に憧れていたもの」

「いわゆる最後の独身貴族だったものね、適齢期《てきれいき》の中では。お相手はどこのご令嬢かしら」

近くにいた令嬢たちの会話を盗《ぬす》み聞きしながら、フェリシアも首を縦に振《ふ》った。

前回のパーティーでそれとなく相手がいることには気づいていたが、結局ルドヴィックに邪魔《じゃま》されて詳《くわ》しくは聞けなかったのだ。

（ただ、それも気になるところではあるけど……これはいったいどういうことなの？）

サラを振り返るが、彼女も勢いよく顔を振って何も聞いてないアピールをしている。聞いていたらフェリシアたちに言っていただろうから、それも当然だ。

フレデリクなんかは放心している。まさに気が抜《ぬ》けたという表情で。

ウィリアムだけが訳知り顔で笑《え》みを浮かべていた。

「ウィル、もしかして何か知ってましたの？　それか気づいてました？」

「フェリシアって、最近私のことを全知全能の神か何かだと思ってる？」

「だって……」

「期待に応《こた》えられなくて残念だけど、今初めて知ったよ」

「そのわりには動揺してないように見えますけど」

「動揺する必要がないからね。むしろやっと婚約者を見つけてくれたかと拍手《はくしゅ》を送りたい気分だ。今ならこの会場中で誰より大きな拍手を送れる自信があるよ」

「そ、そうですか」

でもフェリシアは混乱している。テオドールの婚約者に、ではない。今日は彼ではなく、兄の婚約発表だと思っていたのに、だ。

しかしそこで、はたと気づいた。

（婚約発表って、そういえば誰の婚約発表かは明言されてなかったわ……！）

言ってしまえば、噂《うわさ》が一人歩きしていた状態だった。

みんなが騙《だま》されていたのだ。ずっと結婚《けっこん》しなかった王が急に女性を伴《ともな》ってパーティーに参加すれば、誰だって王とその女性の関係を疑う。そこにタイミング良く婚約発表の舞踏会が開かれるとなったら、当然、王とその女性の婚約発表だと思い込むだろう。

特に、普段《ふだん》から言葉の裏を読み合っている貴族なら、余計にそう勘違《かんちが》いする。むしろ、そう勘違いするように兄は仕向けたのだ。

そうして犯人に『王と聖女の婚約発表』だと思わせて、犯人の反応を探《さぐ》るつもりだった。つまり、フェリシアたちの推測は半分正解で、半分不正解だったのだ。兄は最初からサラと婚約するつもりはなかったらしい。

そして、一度開いた婚約発表のための舞踏会をしっかりと閉幕させるための用意もしていた。それがテオドールだ。ただおそらく、これはテオドールでなくても、ちょうど婚約間近のカップルであれば誰でも良かったのだろう。

（誰の婚約か明言しなかったのは、これを見越《みこ》してだったんだわ。お兄様はそこまで考えてた……！）

犯人を見つけて捕まえたのはフェリシアたちなのに、このしてやられた感はなんなのか。

兄の隣《となり》にいたテオドールが、ついと視線を上げた。

会場中の人々がそれに誘導《ゆうどう》される形で王族用の出入り口に注目する。

この大広間は、先日の建国記念パーティーのときの大広間とは違い、三つの階層に分かれている。

一つが、フェリシアたちが今いる場所。

その中央奥に幅《はば》の広い短い階段があり、それを上った先の玉座がある場所が二つ目の階層。

さらにその玉座へと通じる階段が右手側に延びており、そこは王族の居住区に繋《つな》がる廊《ろう》下《か》への扉がある。これが三つ目の階層だ。

今、人々の視線を一身に浴びながら、その扉が開かれた。

シャンデリアの光に透《す》けるプラチナブロンドの髪《かみ》が、まず一番に目を引いた。妖精《ようせい》と戯《たわむ》れているようなふわふわとした長い髪だ。瞳《ひとみ》はフェリシアと同じく新緑色で、けれどフェリシアと違って少しだけ目元がつり上がっている。

フリルたっぷりの水色のドレスは、まさしく彼女を水の妖精のように魅《み》せていた。

彼女がその場でカーテシーを披露《ひろう》する。テオドールが階段を上っていくと、彼女を迎《むか》えるために手を差し出した。

ウィリアムが彼らから視線を外さず、小声で耳打ちしてくる。

「フェリシアは知っている？　あの女性が誰か」

首を横に振った。

「見覚えもありません。でもウィルも知らないなんて……どなたでしょう？」

しかし、それは周囲のご令嬢のひそひそ話が教えてくれた。

「エリナ様だわ。宰相《さいしょう》閣下のご息女よ」

「違うわ。彼女は確か養女よ」

「でもエリナ様だったなんて……完全に負け戦《いくさ》ね」

「そうね。容姿も申し分なくて、とても聡明《そうめい》な方だもの。テオドール様にはぴったりの方だわ」

なるほど。確かに二人並んだ姿はとてもお似合いだ。同性には厳しい目を持ちがちな女性がここまで手放しで褒《ほ》め称《たた》えるのなら、彼女は噂以上に素敵《すてき》な女性《ひと》なのだろう。

（私は前の宰相のことは知ってるけど、今の宰相のことは何も知らないのよね。それなら知らなくて当然だわ。……そっか、彼女があのとき話してた人なのね。おめでとう、テオ）

二人が兄の許《もと》まで辿《たど》り着くと、兄が二人の婚約を宣言する。

会場を裂《さ》かんばかりの拍手が響《ひび》く中、手を取り合って微笑《ほほえ》む二人の姿は幸せそうだった。

テオドールが前へ進むための一歩を踏《ふ》み出したというのなら、フェリシアは全力で応援《おうえん》しようと心に誓《ちか》ったのだった。

「――余の婚約？　誰《だれ》もそんなこと、ひと言も口にしていないが。ああ、そういえば気の早い吹聴屋《ふいちょうや》がそんなようなことを話していたらしいが、よもや裏も取らずに噂を鵜《う》呑《の》みにするような阿《あ》呆《ほう》などここにはおるまい」

珍《めずら》しく兄が声を出して笑う。もちろん純粋《じゅんすい》な喜楽ゆえのものではない。完全に人をおちょくっている笑い声だ。その開いた口の中に応急処置で余ったヨモモちゃんを突《つ》っ込んでやりたくなった。

なんとか無事に舞踏《ぶとう》会の幕が引かれたあと、フェリシアたちはアイゼンから招待を受け、今ここにいる。

まあ、フェリシアたちのほうもアイゼンには話があったのでちょうど良かったのだが、本来は舞踏会の直後に呼び出されたのを実はウィリアムが蹴《け》っている。

従って、結局こうして集まったのは舞踏会から翌日のこと。

昨夜の片付けと通常業務でいつもより忙《いそが》しそうな王宮内の雰囲気《ふんいき》を感じとりながら、フエリシアたちは応接室に通された。

以前案内された部屋とは違《ちが》い、今回は植物をモチーフにした深紅《しんく》の絨毯《じゅうたん》が上品な雰囲気を演出する部屋だった。暖炉《だんろ》の上には大きな鏡が配置されており、部屋を照らすシャンデリアが映っている。

ちなみに、昨夜は昨夜で大変だったのだ。

招待のために接触《せっしょく》してきたアイゼンに、ウィリアムが宮廷侍医《きゅうていじい》を貸せと脅《おど》した。どうやら彼はずっとフェリシアの怪我《けが》を気にしていたらしい。

そうして咬傷《こうしょう》のことが兄にバレてしまい、ウィリアムと結託《けったく》して説教をかまされた。宿に戻《もど》ってからは、寝《ね》ずに待っていてくれたジェシカから甲斐甲斐《かいがい》しく世話をされ、ウィリアムには一歩も歩かせてもらえない始末。

おそらく宮廷侍医の「もし腫《は》れてきたらすぐに医師に診《み》せること。感染症《しょう》が怖《こわ》いからね」の言葉が彼の不安を誘発《ゆうはつ》したらしく、本人より怪我の状態を逐一確認《ちくいちかくにん》する有様だ。

なので、フェリシアは今日もまだ、自由に歩かせてもらえていない。しかも王宮内でも横抱《よこだ》きで運ぼうとしたウィリアムに必死に抵抗《ていこう》したせいで、もうすでに疲《つか》れている。

そんなところに兄のこの態度だ。やっぱりヨモモちゃんではなくセンブリ《ブリちゃん》のお茶でも流し込んでやりたくなってきたのは仕方ないと思う。苦味の強いあの薬草は前世でしか見かけたことはなく、この世界ではまだ見つけられていないけれど、探せばきっとあるはずだ。

「まあ、そんなことだろうと思ってましたよ」

ウィリアムがつまらなそうに応《こた》えた。フェリシアが同じことを言えば負け惜《お》しみに聞こえるだろうが、彼が言うなら本当にそう考えていたに違いない。

だからこそ、これにはフェリシアが食いついた。

「いつ気づいてたんですか？」

「途中《とちゅう》からね。最初は本当に義兄上《あにうえ》が追い詰《つ》められて暴挙に出たのかと思ったけど、聞こえてくるのは伝聞の噂《うわさ》ばかりだったから。義兄上が婚約《こんやく》することを確かに聞いた人間はいなかった。となると、誰かが意図的に流している可能性が高いと思ったんだよ。まあ、誰が、とはあえて言いませんけれどね？」

「ふん。どんなときも嫌《いや》みったらしい男だな」

「え、じゃあお兄様が流したんですの？　その辺の貴族ではなく？」

問い詰めるように斜《なな》め隣に座る兄を見つめる。

フェリシアとウィリアムの向かい側にはサラが一人で座っており、そのすぐそばにはフレデリクが控《ひか》えている。もちろんフェリシアたちの後ろにはライラとゲイルが控えているが、いざというときに護衛対象を守るために控えている彼らよりも、フレデリクの立ち位置はサラに近いような気がした。明らかに兄を警戒《けいかい》してのことだろう。

兄もそれをわかっているのか、質問したフェリシアではなく、フレデリクの方を向いて鼻を鳴らした。

「さあな。だが、余は確かに婚約するとは言っていないが、婚約しないとも言っていないぞ？」

「!?」

フレデリクが身構えた。

しかしまだ我慢《がまん》している。あと少しで腰《こし》の剣《けん》を引き抜《ぬ》きそうな雰囲気ではあるけれど、理性という名の壁《かべ》を彼はまだ壊《こわ》していない。

なのに、追い打ちをかけるように兄が畳《たた》み込んできた。

「さすが慈悲深《じひぶか》い聖女と名高いだけあって、サラは思慮《しりょ》深く聡明な女性だ。王妃《おうひ》にしてもうまく立ち回ってくれそうだからな、噂を真《まこと》にするのも悪くない」

いったい兄がどういうつもりなのか、フェリシアには理解できなかった。これでは挑発《ちょうはつ》しているようなものだ――事情を知らない人間からすれば、ウィリアムを。

聖女というシャンゼルにとって大切な存在を奪《うば》おうとしているのだから、そう取られるのは当然だろう。

ただおそらく、兄の挑発の標的はウィリアムではない。兄はずっと一介《いっかい》の騎士《きし》であるはずのフレデリクから目を離《はな》さない。

こんな光景は後にも先にもこのときだけだろう。兄とフレデリクの間に火花が散っている。

「どうだ、サラ。余の妻になってみるか？」

「えっ⁉　いやそんな、ご冗談《じょうだん》をっ」

「余の妻になれば、必要最低限の社交はさせることになるが、そのぶん他《ほか》の自由は守ろう。聞けばそなたはこれまで貴族とは無縁《むえん》の生活を送ってきたのだろう？　金にも不自由はさせない。それに、フェリシアの義姉《あね》にもなれるぞ」

「えっ、フェリシアさんの、義姉……⁉」

「『サラ様⁉』」

なぜかそこに食いついたサラに、フェリシアとフレデリクの愕然《がくぜん》とした声が重なる。

兄の挑発は耐《た》えたのに、サラのちょっとした反応にはすぐに動揺《どうよう》を見せるフレデリクがなんとも不憫《ふびん》でかわいそうだった。

サラは「フェリシアさんと姉妹《しまい》だなんて嬉《うれ》しいです」と照れながらこぼしているが、そんなことに魅力《みりょく》を感じないでほしいと切に願う。

彼女の心はフレデリクに向いているので間違《まちが》いないと思うけれど、さしものフェリシアも彼女が頷《うなず》いてしまわないか少しだけ心配になった。

となると、自分に自信のないフレデリクなんかはもっと気を揉《も》むわけで。

「ウィ、ウィリアム陛下、発言をお許しくださいますか」

だらだらと冷や汗《あせ》を流しながら、彼はそう乞《こ》うた。

アイゼンが片眉《かたまゆ》を上げる。そこには下の者からの発言を不愉快《ふゆかい》に感じている気配はないが、相手の出方を窺《うかが》っているような、あるいは相手の反論を期待しているような雰囲気がある。

兄にしては珍しいその反応は気味が悪くて、フェリシアは眉根《まゆね》を寄せた。

「ああ、構わないよ。義兄上の挑発に乗らなかったんだから、ご褒美《ほうび》をあげないとね」

「ありがとうございます。それでは申し上げますが、サラ様とグランカルスト王の婚姻《こんいん》は、賛成しかねます」

「ほう？　シャンゼルでは一介の騎士が王の婚姻に口を挟《はさ》むのか？」

アイゼンが目を細める。

その威圧《いあつ》的な態度に、しかしフレデリクは全く動じない。

「ご気分を害したなら罰《ばつ》は直接自分にお願いいたします。ですが、これだけは譲《ゆず》れません」

フェリシアは握《にぎ》り拳《こぶし》をつくった。これはまさか、と続く展開に期待を寄せる。思わず前のめりになって、ウィリアムにそっと肩《かた》の位置を元に戻された。

「サラ様は聖女という大切なお役目を背負う方。それに、サラ様には我々シャンゼル王国が一時的に助力を乞うているだけです。この世界に縛《しば》りつけるのはいかがなものかと存じます」

「それで？」

「……それで、とは？」

「そんなくだらん理由で口を挟んだのか？」

「⁉」

フレデリクが目を瞠《みは》る。その顔には「何を言っているんだ、この人は」と正直に書いてあった。

「お言葉ですが、くだらないというのは撤回《てっかい》願います。サラ様にとっては深刻なことです」

「なぜ？」

「なぜって……」

絶句、という言葉がまさしく当てはまる反応だった。

フレデリクの顔にだんだん目上の者に対する〝畏《おそ》れ〟ではなく、怒《いか》りが浮《う》かんでくる。

「サラ様は別の世界から来られた方ですよ。御身《おんみ》一つで異世界に放《ほう》り出されるなど、心細いに決まっています。いずれは帰りたいと願うものです」

「だが、それはそなたらが勝手に喚《よ》んだことだろう？　自分たちの国を守るための道具として。勝手に喚んだ者が喚ばれた者に同情するなど、甚《はなは》だ傲慢《ごうまん》だと思わないか？」

「……っ」

さすが意地の悪い兄である。なんとも痛いところを突《つ》いてくる。

けれど、フレデリクもそれで引き下がることはしなかった。

「ええ、仰《おっしゃ》るとおりです。だからこそ、我々にはサラ様を心身共にお守りし、サラ様の意思を尊重する義務があるのです。間違ってもサラ様の意思を無視し、選択肢《せんたくし》を奪うことなどあってはなりませんっ」

「フレデリク……」

彼を振《ふ》り仰《あお》ぐサラと同様、フェリシアも驚《おどろ》いていた。あんなにサラのためだと自分を律していたフレデリクが、仮にも一国の王に対抗《たいこう》している。

それは全《すべ》て、サラのために。

愛する人が後悔《こうかい》しないように。

「俺はそのための覚悟《かくご》を決めています。あなたと違《ちが》ってサラ様を道具などと思ったことは一度もありません！」

言い切った瞬間《しゅんかん》、フレデリクが我に返ったように息を呑《の》んだ。さすがに言いすぎたと思ったのだろう。誰《だれ》かの血の気が引いていく音をこんなにも鮮明《せんめい》に聞いたことはない。

するとそのとき。

「――っ傲慢でいいじゃない！」

　サラが勢いよく立ち上がってフレデリクを振り返った。

「傲慢で、いいよ……っ。フレデリクがしてくれることなら……言ってくれることなら、私、なんでも嬉しいよ？　むしろもっと傲慢になってよ。我が儘《まま》になってよ！　私にしてほしいことがあるなら言ってほしい。悩《なや》んでることがあるなら教えてほしい。だってそれが恋人《こいびと》でしょ？　一人で覚悟なんて決めないでよっ」

「サ、サラ様……ですが……」

「たとえ選択肢が一つでも、それを選んだ責任くらい自分で取れるもん。そうじゃなくて、私はただ、フレデリクの気持ちが知りたいだけなのに……自己完結されちゃうのは、寂《さび》しいよ……っ」

「サラ様!?　な、泣いてっ」

「誰のせいだと思ってるのぉ！」

「す、すみませんっ。俺、ですよね……」

　ちょっとこの展開は予想していなかった。ハラハラとして落ち着かない。

　助けを求めるようにウィリアムに視線をやったら微笑《ほほえ》みで躱《かわ》され、元凶《げんきょう》の兄を睨《にら》んだら素知らぬ顔をされた。

「あの、ですが、やはりサラ様の意思が一番で、もしサラ様が帰りたいと仰るなら、俺は

「わかった。だったら私、結婚《けっこん》する」

「……」

「……え？」

声には出さなかったが、フェリシアもフレデリクと同じく内心で「え？」と静かな衝撃《しょうげき》を受けていた。

「私がアイゼンさんと結婚するって言ったら、フレデリクは尊重してくれるんだもんね⁉」

「サラ様⁉　それとこれとは話がっ」

「一緒《いっしょ》でしょ！　私の意思が一番なら！」

確かに、と内心で思ってしまう。

「余はサラなら構わんぞ」

さすがに悪ふざけがすぎると、兄へ抗議《こうぎ》しようとしたとき。

「――だめです‼」

フレデリクが力の限り叫《さけ》んだ。

「それとこれとは話が違います！　サラ様がご自分の世界に戻《もど》りたいなら、俺に口を出す権利はないと自分を律しました。ですが、そうでないならだめです！」

「なんでだめなの？」

「当然でしょう⁉　あなたがこの世界にいる限り、俺はあなたに全てを捧《ささ》げると誓《ちか》ったんです。あなたを守るのは、俺だけの役目です！」

サラが拗《す》ねるように唇《くちびる》を尖《とが》らせた。

「フレデリクは私が好き？」

「もちろん好きです」

「私と一緒にいたい？」

「当然です」

「私がいなくなると、寂しい？」

「寂しいなんてものじゃないです。そのときはおそらく死にます」

「えっ」

想定外の返事にサラが動揺《どうよう》する。

「あ、いえ、死んだも同然のもぬけの殻《から》になるという意味です」

フレデリクは慌《あわ》てて否定していたが、案外本当に後を追いそうで怖《こわ》い。

「じゃあ私に、言うことあるよね？」

おお！　と思った。サラが頑張《がんば》っている。これはおそらく、元の世界に戻らないでほしい的な展開だ。サラはその言葉を求めている。

フレデリクがごくりと喉《のど》を鳴らした。

やや沈黙《ちんもく》のあと、サラの意図を汲《く》み取ったのか、フレデリクが決死の表情で彼女を見返す。それからサラの前に回り込んで、さっと片膝《かたひざ》をついた。

そして、フェリシアは興奮して思わずウィリアムの肩を揺《ゆ》さぶった。

フレデリクがサラの左手を取ると――。

「サラ様、俺の残りの人生全てをあなたに捧げます。ですので、あなたの人生を俺に預けてくれませんか？」

「……えっ？」

サラから素《す》っ頓狂《とんきょう》な声が上がる。

フェリシアも予想を大きく上回る言葉にウィリアムを揺さぶっていた手が自然と止まっていた。

元の世界に戻らないでくださいと伝えるのかと思いきや、まさかプロポーズをするなんて。

「えっ、フレっ、えっ？」

「サラ様の選択肢の一つに、俺も加えてください。そしてできれば、勝手だと重々承知はしていますが、俺を選んではくれませんか？」

（あああ！　フレデリク様が！　とうとう！　思いきったわ!!）

フェリシアは完全に観客感覚で、抑《おさ》えられない衝動《しょうどう》をウィリアムの腕《うで》を振って逃《に》がす。

サラはどう答えるのかと、ドキドキしながら見守った。

すると、頭上から煙《けむり》を出しながら、サラが照れくさそうに頷《うなず》いた。

「わ、私でよければ、フレデリクの、お嫁《よめ》さんにしてください！」

(キャーッ!!)

勢い余ってウィリアムに抱《だ》きつく。というより、彼の頭を一方的に抱き寄せたと言ったほうが正解かもしれない。

ウィリアムはされるがままで特に抵抗《ていこう》しない。

フレデリクはよほど緊張《きんちょう》していたらしく、サラからの返事に腰《こし》を抜《ぬ》かしていた。

そんな彼を涙目《なみだめ》で愛《いと》おしそうに見つめるサラを見ていると、フェリシアまで泣きそうになってくる。

(良かったわ……本当に良かったですね、サラ様！)

今日はなんて素晴《すば》らしい日だろう。聖女がプロポーズを受けた日だ。国の記念日にしたい。

そう感動していたところに、無粋《ぶすい》な声が割り込んでくる。

「おい、茶番は終わったか」

本当に血も涙もない兄である。

その言葉で二人の世界から早々に引き戻されてしまったサラとフレデリクが、揃《そろ》って顔を真っ赤にさせて硬直《こうちょく》した。

「ちょっとお兄様！　もう少し遠慮《えんりょ》ってものがありませんの？　それにこれは茶番ではありません」

「余にとっては茶番だ。それに『遠慮』と言うなら、そなたのほうが当てはまる。そのままではウィリアム殿《どの》が窒息死《ちっそくし》するぞ」

「え？　――わっ、ごめんなさいウィルっ」

無意識にかなり力強く抱きしめていたようだ。慌てて手を放したが、特に本人から怒《おこ》られることはなかった。むしろ離《はな》れたあとに少しだけ残念そうにされたのは謎《なぞ》だ。

「まったく、どいつもこいつも世話が焼ける。サラ、これで貸し借りはなしだぞ」

「え？　えっと、はい」

そこでフェリシアは「もしかして」と思った。

サラはなんのことかと疑《ぎ》問符《もんふ》を浮《う》かべているが――おそらく自分の使命を全《まっと》うしただけだと思っている彼女は〝貸し〟のことすら心当たりがないのだろう――兄がフレデリクを挑発《ちょうはつ》するようなことばかり口にしたのは、サラへの恩返しみたいなものだったのかもしれない。

いや、きっとそうだ。この兄が絶望的すぎるほど不器用だということを、フェリシアはもう知っている。

「あの、本当に、申し訳ありませんでした」

　フレデリクが平身低頭で謝罪した。顔は見えないのにうなじまで桜色に染まっているものだから、彼の心情は容易に推《お》し量ることができる。

「鍛《きた》え方が足りなかったようで……」

　そういう問題？　とツッコミを入れたくなったのはフェリシアだけではないだろう。

「サラ様にも、後ほど、改めてお話の機会をいただければと」

「うん。私もフレデリクと話したいこと、いっぱいあるよ。だから顔を上げて。ね？」

「サラ、いいよ。あのフレデリクが勢い余って人前であんな大胆《だいたん》なことをしたんだ。しばらく部屋の隅《すみ》で心を落ち着かせるといい」

　優《やさ》しい気遣《きづか》いを見せるウィリアムだが、その顔は完全に面白《おもしろ》がっているというか、眼差《まなざ》しが生温《なまぬる》かった。「人前で」「あんな大胆な」を強調したあたり、知ってはいたけれどいじめっ子がすぎる人である。

　フレデリクはのっそりと身を起こすと、なんとか立ち上がり、ふらふらとサラの後ろに控《ひか》え直した。言われたとおりの〝隅〟に行かないところが彼らしい。

　ただ、いつもは凛々《りり》しく見える立ち姿も、今ばかりはサラの背中に隠《かく》れているように見えなくもないのが面白かった。

「――さて。うちの騎士《きし》が失礼しました、義兄上《あにうえ》。まあ、けしかけたのは義兄上ですし、ここは大目に見ていただいて、そろそろ本題に入りましょうか」

「そうだな。いちいち言い回しが癇《かん》に障《さわ》るが」

ウィリアムは、ルドヴィックのその後はもちろんのこと、今回の一連の流れについて、全《すべ》ての説明を求めた。

「もちろん、話せる範囲《はんい》で構いませんが」

「いいだろう。そこまで長い話でもない」

始まりは獣害《じゅうがい》の調査からだ、とアイゼンが淡々《たんたん》と説明を始めた。

トルニアでの一件から、獣害が単なる動物の仕業《しわざ》ではない可能性を視野に入れたアイゼンは、さっそく動き出したという。

もともと対動物の作戦を練っても尽《ことごと》く失敗に終わっていたらしく、また襲《おそ》われた住民の証言には「あんな動物は今まで見たことがない」というものもあったようで、アイゼンの中では、ほぼほぼ魔物《まもの》の仕業だろうと思考を切り替《か》えたらしい。

そこで問題になったのが、魔物をどうソレと判断するか、である。

「余はシャンゼルで一度襲われたが、そのときはただの動物の暴走にしか見えなかった」

それは、フェリシアがシャンゼルに入国してまだ間もない頃《ころ》のことだ。

魔物に襲われそうになったフェリシアを、兄が身を挺《てい》して庇《かば》ってくれたことがある。それがきっかけで、フェリシアは兄のことをただの意地悪な兄と思えなくなり始めた。

「我が国では、魔物も瘴気《しょうき》も御伽噺《おとぎばなし》の世界だ。教会支部があるとはいえ、シャンゼルほど信仰《しんこう》が根付いているわけではない。そんな得体の知れない者に調査隊を含《ふく》む王宮の人間が接触《せっしょく》すれば、あらぬ噂《うわさ》を立てられかねない。そもそも瘴気を視《み》る人間は限られていると聞いていたからな。いざ教会に接触したあとに視えないでは話にならん」

では、確実に瘴気を視る人間は誰《だれ》か？　そう考えた兄は、まずフェリシアを思い浮かべた。次にウィリアムを。

けれど、すぐに二人を除外する。理由は単純だ。とんでもない見返りを要求されそうだと考えたからだ。

（ウィルならありえるわね）

フェリシアも頷きで同意する。面と向かってそう言われたウィリアム本人は、心外だと言わんばかりに微笑《ほほえ》んでいたが。

「そんなとき聖女の存在を思い出してな。そういえば愚妹《ぐまい》がウィリアム殿との仲を勘違《かんちが》いした女がいたなと」

「ひあっ⁉　それは本当に勘違いなので、今掘《ほ》り返さないでくださいっ」

サラが必死に弁明する。

対して、勘違いした当人であるフェリシアは「そんなこともありましたわね」と昔を懐《なつ》かしんだ。ただ、同じように昔を懐かしんで当時の感情を蘇《よみがえ》らせたらしいウィリアムには、わからせられるように手を強く握《にぎ》られたけれど。

繋《つな》がるそこを見て、小さく笑みをこぼす。

（ちゃんとわかってますわ。逃がさないって言いたいんですよね？）

以前の自分ならわからなかったかもしれないけれど、今はさすがに理解している。想《おも》われることに自信のなかったフェリシアに、彼が丁寧《ていねい》に教え込んでくれたのだから。

今さら逃げるわけもないのに、とフェリシアも握り返した。

「色恋沙汰《いろこいざた》は心底どうでもいいが、聖女なら確実に瘴気を視られると考えた。しかも浄化《じょうか》もできると聞いていたから、なんて便利な女だろうと思ったさ」

兄の顔が極悪《ごくあく》すぎて引く。

おそらく、そこから一連の悪巧《わるだく》みを思いついていったに違《ちが》いない。

案の定そこで兄は、聖女を色んなことに利用する手立てを企《くわだ》てた。

「せっかく遠い国から呼び寄せるんだ。魔物の判断をしてもらうだけでは申し訳ないだろう？」

ドン引きものの発言である。

しかし本気でそう考えた兄は、獣害が魔物の仕業だった場合の作戦も準備したという。

備えあれば憂《うれ》いなし戦法だ。

そうしてサラの協力を得て魔物の関与《かんよ》を確定させた兄は、サラに魔物の特性を根掘《ねほ》り葉掘り訊《き》くと、ウィリアムと同じく魔物の後ろに黒幕の存在を感じとったらしい。

そこで、引き続きサラの協力を必要とした兄は、万が一のために用意していた作戦を決行するため、その支障になりそうなフレデリクを王宮から追い出した。

そして作戦のために、サラを自分のパートナーとして建国記念パーティーに参加させた。

もしこれが魔物の仕業ではない、または魔物だけの仕業だった場合は、サラをパートナーではなく、単なる招待客とする予定だったらしい。フレデリクのことも、王宮から追い出さずにパーティーに招待するつもりだったという。

「何事も下調べは重要だ。聖女に懇意《こんい》にしている騎士がいることは摑《つか》んでいた。だから最初の手紙にはその騎士についても触《ふ》れて連れてくるよう誘導《ゆうどう》し、何事もなければ相手の招待状を渡《わた》して終わる予定だった。せめてもの礼としてな。——だが」

結局、フレデリクに招待状が渡ることはなかった。

黒幕の気配を感じとったアイゼンは、自分のパートナーにするという一番目立つ方法で聖女のお披露目《ひろめ》をしたのだ。

その時点ではまだ敵の目的も判然としていなかったので、瘴気の浄化ができるという聖女が国内にいると示すことで、敵へ揺《ゆ》さぶりをかけたとのことである。

「敵が貴族であってもなくても、社交界は噂を広めるには打ってつけの場所だ。どうしてかわかるか、フェリシア」

「え？　えっと……」

突然《とつぜん》問題を出題されて頭を捻《ひね》る。

建国記念パーティーのときは、兄はまだ敵の正体の尻尾《しっぽ》も掴んでいなかった。

犯人が貴族とは限らない状態で、なぜそこで聖女のお披露目を行ったのか。

たとえば、聖女のことが一般人《いっぱんじん》の耳にも入るような、もっと相応《ふさわ》しい機会があったのではないか。

(——そっか、一般人。パーティーには、王宮に仕える使用人が多く出入りするわ)

その中には、貴族の身分でない者もいただろう。

「パーティーには様々な身分の方が参加しているから、ですか？」

「なんだ、つまらん」

アイゼンが鼻を鳴らす。これは正解だったと見ていいだろう。なぜ素直《すなお》に「正解だ」と言えないのだろうか、この兄は。

「まあ、そうでなくとも、貴族はお喋《しゃべ》り好きが多い。貴族から家の使用人へ話が行き、使用人から取引先、友人知人へと広がっていく。これが一番噂を行き渡らせるのに手っ取り早い方法だ。その逆は少し時間がかかるがな」

そうして、パーティーの前までは『ついに陛下に婚約者《こんやく》が？』と流れていた噂が、パーティーの後で『陛下と聖女《サラ》が婚約するらしい』という噂に変わったのは、まあ自然の流れだったという。

その噂を放置するどころか積極的に流したのは、敵の目を欺《あざむ》くためだったらしい。

「サラとの仲を良好に見せておけば、敵はこちらの目的を絞《しぼ》れない。企てに気づかれたから聖女を連れて来たのか、それとも単に本当に恋仲《こいなか》なのか」

その迷いが、時間を稼《かせ》ぐ。

その間に調査を進めていたところ、なんと嬉《うれ》しい誤算があった。サラが王宮内に瘴気の気配がすると報告したことだ。

聖女の登場に焦《あせ》ったのか知らないが、パーティー会場などではなく平時の王宮で感知したというのなら、犯人の正体はいくらか絞れる。まさかこのタイミングで全く関係のない瘴気憑《つ》きが出てくるとも思えないので、常に王宮に居住している者か、王宮に出仕している者が犯人である可能性が高いと兄は考えた。

さらに、獣害《じゅうがい》の調査に当たっている面々からの報告でも、いくらか犯人を絞れそうな情報が上がってきたらしい。

というわけで、兄は犯人を追い詰《つ》めるための最後の計画を実行した。

それが婚約発表のための舞踏《ぶとう》会だ。

「仕込みは建国記念パーティーで済ませていた。今度こそ婚約発表をすると明言しておけば、ほとんどの人間が勘違いをする。余と聖女の婚約だとな。ならば会場に敵が現れる確率は高い。運が良ければ、その場で毒でも仕込んでくれるかと考えた」

だから、サラには会場のものを何も口にするなと伝えた上で、彼女に提供されるものをその場で毒かどうか判断する用意もするつもりだったらしい。

ただ、さすがの敵も大勢がいる前で毒を仕込むほど浅はかではないだろう。ゆえにアイゼンの一番の狙《ねら》いは、会場に紛《まぎ》れ込んだ敵をサラに特定してもらうことだった。

というのも、サラが王宮内で瘴気の気配に気づいたということは、敵は自分が瘴気に憑かれていることを自覚していないのではないかという仮説が浮《う》かんだらしく、その点は警《けい》戒《かい》することなく舞踏会に参加するだろうと考えたかららしい。

自覚があれば、聖女が留《とど》まっている王宮内において、気づかれぬようもっと慎重《しんちょう》に行動するはずだから、と。

実際――兄は知らないだろうが――過去に瘴気に憑かれた姉もウィリアムの母も、自分が瘴気に侵《おか》されていた自覚はなかった。兄の考えは的を射ていたのだ。

そうしてのこのこと間《ま》抜《ぬ》け面《づら》を晒《さら》しに来てくれるだろう敵を、兄は楽しみに待ち構えていたようだ。

「が、結果は知ってのとおり、そなたらに見事に邪魔《じゃま》されたがな」

「邪魔とは酷《ひど》い言い草ですね。せっかく犯人を確保して自白までさせたというのに。――

となると、フェリシアの従兄殿《いとこどの》の婚約は、やはり」

「いくら敵を誘《おび》き出すためとはいえ、大々的な名目を婚約発表にしたなら発表はしなければならないからな。ちょうどテオドールも年貢《ねんぐ》の納め時で、いい加減吹《ふ》っ切らせる必要があったからねじ込んだまでだ」

「私が言うのもなんですが、鬼《おに》ですね、義兄上《あにうえ》」

「アレは外交官だ。職務遂行《すいこう》上、妻帯者でないのは不利になる。そもそも公爵《こうしゃく》家の跡取《あとと》りだぞ。余が何かせずとも、公爵夫人が黙《だま》っていなかった。余はただ婚約発表の場を提供したにすぎん。それに――」

兄から意味深長な視線が流れてきて、フェリシアはさっと顔を逸《そ》らした。ほぼ反射だったけれど、なんとなく兄はテオドールから告白されたことを知っているような気がした。

「アレはアレなりに、すでに新しい道を歩み始めていた。そこに余は関与していない。アレに前を向くきっかけを与《あた》えた人間がいるなら、従兄として二人を見守ってやろうと思っただけだ。――まあ、貴殿《きでん》らのせいでバタバタになったが。そのあたり、もう少し申し訳なさそうにしろ」

「いやいや。こちらを勝手に巻き込んでおいて、それは無理というものですよ。そもそも義兄上自身がよくご存じでしょう？　フェリシアが大人しく巻き込まれるだけの人間ではないことを」

チッ、と兄に舌打ちされる。とんだ八つ当たりもいいところだ。

それにウィリアムも、何気に言っていることが酷くないかと少しだけムッとする。

「だいたいですね、お兄様。そういうおつもりだったなら、先に事情を話してくだされば良かったんです。最初に門前払《もんぜんばら》いなんかせずに。協力してほしいって――」

「義兄上が素直に言うと思う？」

「……そうですわね。言いませんわ」

兄がまた舌を打ってくる。

「最初に門前払いしたのは意図的だ。そのほうがパーティーに出席せざるを得ない状況《じょうきょう》を作れるからな。だが、そのあとにフェリシアが余を訪ねてきたあたりから流れが変わった。まあそれでも、どうせウィリアム殿がこちらの動きを探《さぐ》り始めたのだろうと、そこまでは許容範囲《はんい》だった。こちらの動きを知られても、ウィリアム殿ならうまく知らぬフリをするか、流れに身を任せてくれるだろうと思っていたんだがな」

「それはご期待に沿えず申し訳ありません。では、想定外はなんだったんですか？」

そう訊《たず》ねるくせに、ウィリアムは答えをわかっているような顔で笑っていた。

「本当に性格の悪い男だ。まさかあの舞踏会の場に犯人を連れてきて、追及《ついきゅう》までするとは思わんだろう」

「ははっ。ちなみにそれは、私も想定外でしたよ」

「あれはフェリシアとサラの作戦です。私もまさか自分たちを囮《おとり》に使って犯人を誘き出すとは思ってもいませんでしたから」

「なに？」

ね？　とウィリアムの笑顔《えがお》の圧が怖《こわ》い。まだそのことを怒《おこ》っているのだろうか。

ウィリアムに事の顚末《てんまつ》を聞いた兄からも、呆《あき》れと怒《いか》りのこもった長いため息をお見舞《みま》いされた。

「まったく、シャンゼルにはじゃじゃ馬娘《うまむすめ》しかおらんのか」

「自業自得《じごうじとく》ですわよ、お兄様」

そんなに文句を言うなら、やはり素直に力を貸してほしいと言ってくれれば良かったのだ。

「――あれ？　でもちょっと待ってください。今お兄様の話を聞いてふと思ったんですけど、私たち、それだと別にいてもいなくても良かったんじゃありません？　前にも訊《き》いた覚えがありますが、建国記念パーティーに私たちを招待する必要なんてありました？」

「それなんだよね。私もそこだけがわからないんですよ、義兄上。むしろ巻き込まないほうがうまくいっていたと思いますよ？」

妹夫婦《ふうふ》の指摘《してき》に、アイゼンがしばし黙り込む。

すっと視線を逸らしたのは、単なる偶然《ぐうぜん》か、それとも回答から逃《に》げたからなのか。

ウィリアムがさらに問い詰める。

「まあ、我々はいずれにせよグランカルストに入国する予定ではありましたけど、今回はフェリシアの母君の墓参《ぼさん》をするだけの予定でした。王宮に寄るつもりはなかった。招待されなければ、私もフェリシアもパーティーを横目に通り過ぎるだけだったんです。なのに、なぜ招待してくださったんです？」

微妙《びみょう》な沈黙《ちんもく》が落ちる。

この場にいる全員の視線に耐《た》えきれなくなったのか、アイゼンがようやく口を開いた。

「その墓参りだが、墓地の場所が変わった」

「えっ、お母様のお墓がですか？」

「ああ。墓荒《はかあ》らしが出たからな。念のために移動させた。今は離宮《りきゅう》のそばの森の中にある。それを伝えるために呼んだだけだ」

「そんな……墓荒らしが……。お母様のお墓は無事だったんですか？」

「ああ」

ほっと胸を撫《な》で下ろす。無事なら良かった。

「ありがとうございます、お兄様。そうだったんですね、それで私たちを……」

「騙《だま》されちゃいけないよ、フェリシア」

へ？　と気の抜《ぬ》けた声が出た。

「それだけなら、招待状を送るんじゃなくて、そう手紙に認《したた》めればいい。わざわざ招待状を渡《わた》すために小間使いを何日も待機させていたくらいなんだから、それくらいできると思わない？」

「た、確かに」

「ですから、それ以外の理由があると私は踏《ふ》んでいますよ、義兄上？」

対外的な仮面を惜《お》しみなく貼《は》りつけて、ウィリアムは一切《いっさい》引くつもりがないと言外に匂《にお》わせる。兄が三度目の舌打ちをしそうな雰囲気《ふんいき》だ。

そのとき。

「あ、もしかして」

声を上げたのはサラだった。

「それ、フェリシアさんのためかもしれません」

「私の？」

意図せずウィリアムと同時に首を傾《かし》げた。

サラの続く言葉がなんなのか勘《かん》づいたのか、兄はハッと目を見開くと、思わずといった体《てい》で腰《こし》を浮《う》かせる。

が、兄が伸《の》ばした手は当然フレデリクが遮《さえぎ》り、塞《ふさ》がれることのなかったサラの口が真実を暴露《ばくろ》した。

「建国記念パーティーのあと、アイゼンさん、フェリシアさんが言い負かした公爵の顔が情けなくて愉快《ゆかい》だったって、笑ってたんです」

「サラ、待て」

「その公爵が昔フェリシアさんのことをかなり馬鹿《ばか》にしてたらしくて、ざまあないなって」

「え？　でもお兄様とサラ様って、それよりあとに入場してきましたわよね？」

「サラっ」

「はい！　その騒動《そうどう》が終わったら入場するってアイゼンさんが言うので、扉《とびら》の陰《かげ》から見てました！」

サラの清々《すがすが》しいほど爽《さわ》やかな笑顔とは対照的に、兄の顔は絶望の沼《ぬま》に落とされたように死にそうなものになっていた。

「へぇ？　じゃあつまり義兄上は、フェリシアを見下していた貴族連中を見返すために、私たち——というより、フェリシアを招待したってことですか？」

ウィリアムはこれまでに見たことがないくらい口元をニヤつかせている。

まさか、とまだ信じられない思いはあるけれど、ウィリアムに反論もせずただただ赤面する兄を見て、さすがのフェリシアも理解した。

「お兄様……」

「っ、くだらん！　余は単にリンジャー公爵《こうしゃく》の間抜《まぬ》けな姿が愉快だっただけだ！」

「おにい、様……っ」

「おい。夫婦揃《そろ》って笑いを堪《こら》えるのをやめろ。逆に腹立たしいぞ」

「だって、ふふっ、あははははっ」

目尻《めじり》に溜《た》まったものを、そっと拭《ぬぐ》ったのは秘密である。

やっぱり、不器用にも程《ほど》がある人だと思った。

エピローグ

あの舞踏会《ぶとう》で自白したルドヴィック・アドラーは、フェリシアが一つだけ残していた浄《じょう》化《か》薬を兄に渡したことで、無事に正気に戻《もど》ったと聞いた。

しかし、理性を取り戻した彼は自分の起こした罪に茫然自失《ぼうぜんじしつ》してしまい、事情聴取《ちょうしゅ》はなかなか難航しているらしい。

ルドヴィックから全《すべ》てを聞き出したあとは、瘴気《しょうき》が絡《から》んでいることもあるので、兄から情報を共有してもらうことになっている。

その間、フェリシアとウィリアムは本来の目的を果たすべく、離宮を訪《おとず》れていた。

風は身を切るように冷たくて、防寒できない鼻は間違《まちが》いなく赤くなっていることだろう。

空には薄《うす》く刷《は》いた雲が広がっており、太陽は気まぐれに顔を出すのみだ。

「……懐《なつ》かしい」

気を遣《つか》ってか、今日はライラもゲイルも姿を見せずに護衛してくれている。

二人だけの空間は、初めてウィリアムと出逢《であ》ったあの瞬間《しゅんかん》を目の前に連れてくる。幻《まぼろし》の幼い二人は、互《たが》いに予想外の存在との遭遇《そうぐう》に目を丸くした。

「ウィル、こっちです」

相変わらず離宮の外観は廃《すた》れた印象を抱《いだ》かせる。昔は幽霊《ゆうれい》の噂《うわさ》もあった場所だが、フェリシアにとっては快適な住居だった。

「ここにはヨモモちゃん、こっちにドクダミ《ダミー》、あそこにはエルダーフラワー《エルディ》やアロエ《アロー》がいたんですよ。で、あっちに特別な一画を作ってたんですけど、そこでトリッキーとかちょっと危ない子たちをまとめて育てていたんです」

シャンゼルに行く際、持てるだけの我が子を一緒《いっしょ》に連れて行ったので、今はもうあの頃《ころ》のように整然と並んではいないけれど、中には自生して残っているものもあった。

「フェリシアは……君は、ここで強く生きていたんだね」

ウィリアムが優《やさ》しく微笑《ほほえ》む。まるであの頃の自分を褒《ほ》めてもらえたような気がして、フェリシアもニッと笑った。

辛《つら》いことは確かにあったけれど、「辛かったね」と同情の言葉をかけられるより、「頑張《がんば》ったね」「偉《えら》いね」と褒めてほしかった。認めてほしかった。そんな思いまで、この光景は思い出させる。

ウィリアムの手を取ると、先導するように引っ張っていく。

「本当に、懐かしいね」

彼が繋《つな》がる手を眺《なが》めながらこぼした。

何を思い出してそうこぼしたのか、フェリシアにはすぐにわかった。

「ふふ。あのときの鬼《おに》ごっこ、結構楽しかったですよ」

そうして辿《たど》り着いたのは、すずらんが一面に咲《さ》き誇《ほこ》る思い出の場所。さすがに季節的に今は枯《か》れているけれど、これは次の花を咲かせるための準備段階なので、きっと春にはまたたくさんの可憐《かれん》な花を魅《み》せてくれることだろう。

その一番奥に、白い十字型の墓石が見える。そこには誰《だれ》かが添《そ》えてくれたのか、ミモザのリースがかけてあった。

「あら、お兄様かしら」

「ここに義母上《ははうえ》の墓があることは、義兄上《あにうえ》しか知らないんだろう？」

「だと思うんですけど……。ただお兄様、そのあたりをはぐらかしていたので、もしかしたら他《ほか》にも知っている人がいるのかもしれません。お母様の周りにいた使用人の中には、お母様のことを慕《した》ってくれていた方もいましたから」

ミモザは、ポンポンのような丸い小花が集まった黄色い花で、母の好きな花だった。開花の時期はもう少し先なので、その辺で枝を折ってリースを作ることはできない。

つまり、これをお墓に添えた人物はわざわざ花屋まで赴《おもむ》いて花を買い求め、母を想《おも》いながらリースを編んでくれたのだろう。商品にしては粗《あら》の目立つ完成度が、これが手作りであることを窺《うかが》わせる。

そう思うと、このミモザは兄ではないような気がした。

（まあ、誰でもいいわね。こうしてお母様を想ってくれる人がいる。それだけで十分だもの）

ね、お母様。と母のお墓に向かって内心で呼びかける。

（お久しぶりです）

自然と両手を顔の前で組み、そっと瞼《まぶた》を伏《ふ》せた。

（ずっと来られなくてごめんなさい。ねぇ聞いて、お母様。私、結婚《けっこん》したのよ）

こうして母の墓石を前に何かを報告することは、いったいどれくらいぶりだろう。

グランカルストにいた頃も、薬草を売りに行く際、母の墓参りに行くこともあった。あの頃は王都の大聖堂で母は眠《ねむ》っていたから、そういうときにしか会いに行けなかった。

（びっくりよね。今隣《となり》にいる人がね、私の旦那《だんな》様なの。かっこいいでしょう？）

ウィリアムも同じように祈《いの》りを捧《ささ》げている。それがどうしようもなく嬉《うれ》しかった。母にやっと、大切な人を紹介《しょうかい》できた。

（私の大好きな人なの。いつだったか、お母様が言ってくれたでしょ？　フェリシアにもきっと、あなたのことを愛してくれる素敵《すてき》な人が現れるわって）

その頃の自分は前世もまだ思い出していなくて、愛だの恋《こい》だのなんてことはよくわかっていなかった。だから、そんな人より母がいればいいと答えた覚えがある。

（お兄様がね、再会させてくれたのよ）

母は兄との仲が悪くなる——実際は兄の演技だったが——前に天へと召《め》された。

だからもしかしたら、険悪になってしまった兄との関係を空から心配してくれていたかもしれない。でもその必要はないよと伝えられて、心がすっと軽くなる。

（お母様。私、幸せよ）

これが一番伝えたかったことだ。家族で唯一《ゆいいつ》フェリシアの将来を憂《うれ》い、自分の早い死期を悟《さと》った母が、唯一心残りだと吐露《とろ》したこと。

（それにね、幸せにしたい人が、できたの）

そっと瞼を上げる。隣を見上げれば、フェリシアよりも長く黙々《もくもく》と母に語りかけているウィリアムが見えた。

くすりと笑《え》みをこぼしたとき、彼がやっと目を開く。

「ふふ。ウィルったら。そんなに長く何を話してましたの？」

「もちろん夫ですの挨拶《あいさつ》から始まってフェリシアへの想いを語って安心して任せてくださいまでしっかりとね」

「そ、そうですか」

力強い返答に苦笑《くしょう》する。なぜか実の娘《むすめ》であるフェリシアより熱量が高い。

さあっと、一瞬《いっしゅん》の静寂《せいじゃく》が耳をくすぐった。

どちらからともなく手を握《にぎ》り合って、幻の母へと向き直る。

「それじゃあお母様、もう二度と来られないかもしれませんけど、心配しないでね。私は私の大切な人と一緒に新しい家族をつくって、もっともっと幸せになるからね」

「ええ、二人で一緒に――――って、え？　ちょっと待ってフェリシア、今のってどういうこと？　えっ？」

「？　どうかしました？」

「どうかしたって……もしかして無自覚だったの？　そういう意味じゃない？　どっちにしろ不意打ちでそれは卑怯《ひきょう》だよ……」

「不意打ち？」

なんのことを言っているのだろう。ウィリアムの言葉に見当もつかないフェリシアは、特に卑怯なことを喋《しゃべ》ったつもりはないけど……と頭を悩《なや》ませた。

「よくわかりませんけど、伝えたいことも伝えられましたし、そろそろ戻りましょうか」

「ああ、うん。こういう展開には慣れたよ。やっぱり無自覚か……。でもまあ――」

ウィリアムが二人の繋がった手を胸の高さまで上げると。

「そういうことですので、楽しみにしていてください。義母上《ははうえ》」

何を楽しみにするのかと訊《たず》ねるフェリシアに、彼はちょっとだけ照れくさそうにしながら「いいから」と誤魔化《ごまか》して答えてくれない。

不満を訴《うった》えるように唇《くちびる》を尖《とが》らせて、それから二人一緒に歩き出す。

さすがにずっと外にいるには寒さが身に応《こた》えてきた。

「お母様と内緒話《ないしょばなし》なんてずるいですわよ」

「大丈夫《だいじょうぶ》。いつか教えてあげるから」

ミモザの花が、そんな二人の背中を見えなくなるまで見送っている。

誰もいなくなった森に一陣《いちじん》の風が吹《ふ》き抜《ぬ》けて、攫《さら》われるようにミモザの花冠《かかん》が空を舞《ま》った。

あとがき

皆様《みなさま》お元気でしたでしょうか？　前巻から約一年ぶりということに密《ひそ》かに驚《おどろ》いた蓮水涼《はすみりょう》です。大変お待たせいたしました……！

前巻が新婚《しんこん》旅行で、今巻はその続きのお話です。フェリシアが祖国に里帰りしました。あとがきを最初に読む派の読者様、これ以降はネタバレを書いておりますので、新鮮《しんせん》な悶《もだ》え（？）が欲しい方は本編を先にお読みいただくことをお勧《すす》めします！

というわけで、今巻の作者一推《お》しは、こちらです！

〝アイゼンお兄様の照れ顔！〟

見ました!?　作者が言うのもおかしな話ですが、最後にいきなり照れ出すお兄様に私のほうが照れましたよ、ええ（真顔）。一巻であんなに酷《ひど》いお兄様ムーブをかましていた男とは思えないですね。このシリーズはある意味でお兄様の成長物語かもしれないと、このあとがきを書きながら思いました。サブサブテーマくらいでいきましょう。

今巻の内容を担当のS様と打ち合わせしていたとき、二人ともお兄様推しなので照れ顔については大いに盛り上がったのですが、実はもう一つ盛り上がった話題が。そう、お久しぶりの従兄《いとこ》、テオドールです。
　彼はフェリシアを健気《けなげ》に想《おも》っていた不憫《ふびん》くんですが、今回とうとうその想いに決着をつけました。私たち現代人の感覚からすると政略結婚《けっこん》って本当に『物語』であり、なかなかその現状を理解するのは難しいように思います。でも彼にとっては現実！　結婚しないと家が大変！　というわけで、彼も覚悟《かくご》を決めたわけです。
　そこで話題になったのが、彼のお相手。このままじゃお相手もかわいそすぎる……というのがS様と作者の意見。さてどうするか。本編には出てこないのに真剣《しんけん》に悩《なや》みます。こんなに純真な子を任せられるお相手は……あ!?　ここで作者閃《ひらめ》きます！　実は彼には幼なじみがいて、彼女は年下の気の強い子です。彼女は密かにテオを想っていましたが、彼に想い人がいることを知っていました。だから自分の想いは封印《ふういん》し、落ち込む彼を「しゃんとなさい！」と元気づけてきました。彼女はいわゆるツンデレさんで、ツンツンしながらもテオを励《はげ》まそうとするところは昔から変わりません。次第《しだい》にテオがそんな彼女の優《やさ》しさに気づきます。そして、彼女がふいにデレた瞬間《しゅんかん》を目にしたとき、胸がとくんと――。か――！　甘酸《あまず》っぺぇ!!　新しい恋《こい》が始まりますよ！　政略結婚からの恋！　巷《ちまた》で流行《はや》ってるやつですね！（※二人は両片想いの状態で政略結婚します）
　と、こんな感じで妄想《もうそう》が膨《ふく》らみに膨らみ、その場で「これあとがきに書いていいですか」とS様に許可をもらった蓮水です。テンション高くて申し訳ありません。

そんな今巻でしたが、読者の皆様は楽しんでいただけたでしょうか？　このシリーズの新刊のあとがきを書くたびに思うのは「こんなに長く続けさせてもらえるのって本当にすごいよなぁ。この作品を愛してくださる方々には感謝しかない」ということです。なにせ一年お待たせすることもありますからね！　皆様の度量の大きさに救われてます。

改めて、今巻もお迎《むか》えくださった皆々様、本当にありがとうございました。

読者様だけでなく、私にはない視点でアドバイスをくださった担当S様、またS様からバトンタッチを受けて一緒《いっしょ》に併走《へいそう》してくださったY様、お忙《いそが》しい中引き続きイラストを担当してくださったまち先生（今巻も！　全部！　胸を貫《つらぬ》かれました！　先生の挿絵《さしえ》でこんなシーンを見たいというところから生まれるエピソードもあるくらい好きです）、校正、デザイン、印刷、営業等をご担当くださった皆々様へ。本作を世に送り出すために共にご尽力《じんりょく》いただき、誠《まこと》にありがとうございました。

また皆様と会えることを楽しみにしています。

蓮水涼

「異世界から聖女が来るようなので、邪魔者は消えようと思います7」の感想をお寄せください。
おたよりのあて先
〒102-8177　東京都千代田区富士見2-13-3
株式会社KADOKAWA　角川ビーンズ文庫編集部気付
「蓮水　涼」先生・「まち」先生
また、編集部へのご意見ご希望は、同じ住所で「ビーンズ文庫編集部」
までお寄せください。

異世界《いせかい》から聖女《せいじょ》が来《く》るようなので、邪魔者《じゃまもの》は消《き》えようと思《おも》います7

蓮水《はすみ》　涼《りょう》

角川ビーンズ文庫　24191

令和6年6月1日　初版発行

発行者――山下直久
発　行――株式会社KADOKAWA
〒102-8177　東京都千代田区富士見2-13-3
電話 0570-002-301（ナビダイヤル）
印刷所――株式会社暁印刷
製本所――本間製本株式会社
装幀者――micro fish

ISBN978-4-04-115081-8C0193 定価はカバーに表示してあります。　◇◇◇